夜深人靜的小說家

王定國

目次

代序

文學，我一直達不到的境界

我的眼睛從三年前開始生我悶氣，以靈魂的窗口長期被我毀損為由，頻頻發出不同程度的酸澀、模糊和畏光反應強行對我干擾，而我不疑有他，字照寫，燈開最亮，總以為是我自己江郎才盡，才會在不斷摸索折騰後還是難以成章。

捱到年初終於去求診，護士要我坐在視野檢查的儀器前，給了我一支滑鼠狀的點按器，交代我只要看到光點閃爍就按一次，然後說：好，現在開始。

接下來卻沒了聲音，一室寂寂，瞳孔抵著沉睡的螢幕，根本看不到哪裡有亮光，我甚至懷疑某個開關她忘了啟動，於是耐心等待，沒想到久久之後聽見她冷冷的聲音說：咦，你沒看見嗎，真的都沒看見嗎？

我後來看見醫生臉色下沉，診間的桌面擺滿我的罪狀，瞳孔周邊全黑，像我家鄉鹿港聞名的不見天老巷弄，只在瞳孔中間勉強亮著蜿蜒的細光。這時他突然問我職業，我只好從以前說到現在，滿口吞吞吐吐，就是沒說我也寫作。然後他說應該趕快動手術，千萬不能再拖了，但也不會好，只能先拿掉你的白內障，其他像青光眼啦視神經凹陷啦視野萎縮啦這些，只能靠你自己保養……。

想把自己的文學打包起來的念頭，這是第一次。

診後那幾天我不得不起心動念，打算挑幾個常被稱賞的短篇合為一本自選集，充作復筆以來挑燈十年的奮鬥成績。但這短暫念頭僅止閃過腦海，最終還是抵不過內心的抗拒而未著手進行，蓋因覺得那些都是隔夜菜，拿來供為饗宴恐怕只是冷掉的熱情，因此很快又打消了主意。

直到三月初，九歌年度選又閃耀登場，這光景總算讓我心頭一亮，突然想起十八年前也曾入選的那兩朵孤零花：櫻花和苦花，如今已下落不明，並非它們流落他方，而是作為載體的那本舊書已絕版，對我而言無疑就是產子送人，早就和我音聲了斷；再者，我也想到手邊還有尚未結集的小說新作，倘若今後我已不能讀寫，豈不又複製了那兩朵花的身世，那要何年何月才有一本新書將這些遺落的東西安置進來。

在這偶然一瞬的感觸中，遂有了鑿壁借光的想法，馬上搜出一本本現成的年度選，從中挑出裡面的我，經過仔細一彙整，發現竟然已經累積飽滿的一本量，這不勞而獲的豐收不禁讓我失笑，原來這些都是我曾美好的眼睛一路凝注過來的，那麼，不就是讓這本書光榮面世的最佳時刻嗎？

腦海中的輪廓大致就這樣成形，自選集變成他選集，形式上來自七位名家不同時期的評選，書中內涵則又不失一個寫作者相當完整的意志與心念，無形中也省去了我自己選或不選的為難，只可惜這得來不易的靈光還不能付諸實現，因為預約中的手術已迫在眼前。

三月動左眼，五月再做右眼，中間的四月則遵醫囑用來養眼，每到睡前塗上藥膏後，我乖乖戴起街上的遛狗人常用的那種防護罩，聽說這樣才能安心睡，免得不安的夜夢中一失手撩破了創傷的眼球。

每晚也就是那樣的時刻，滿腦子燈枯油盡惘網然的畫面，心裡更為不甘，想到中年後總算排除萬難回頭來寫作，再多的勞苦都覺得與有榮焉，怎堪這樣的半路上突然要我停擺下來。

為了測試術後的眼睛是否還有未來，每晚一躺上床我就開始等鼾聲，等我疲憊的妻總算終於忘了我，這時我趕緊光著腳躡進書房的黑暗中，在那開燈的瞬間雖也曾有一絲絲的罪惡感，覺得萬萬不該在這節骨眼上鋌而走險，然而文字這種信仰莫不就像命一樣，以前青春怠惰不著一字也就罷了，來到這靈魂的末日還可以再空等嗎？

於是每晚寫三行，最多再敲它兩行，右手指揮注音鍵，左手抓著面紙堵在眼罩下，防它想哭或想抓癢或黏黏的膏液時不時滲下來。狗罩裡的這隻單眼其實還是有用的，它以無畏的弱光幫我盯著每個字的對錯和增刪，沒事時還從塑膠孔洞悄悄望著螢幕倒映的我，不知是它狼狽還是它使我更狼狽，每到凌晨時分好想拔掉眼罩和它對泣。

手術後的手術緊接著來，這回已輪到右眼挨刀。多虧我這右眼平常沒有白疼，它被戴上罩子依然忠厚又冷靜，一瞧見螢幕倒映出來的我竟然不是我，馬上穿過孔洞對我眨著示警的迷離光，這時我才發現妻已來到我背後，而我不敢回頭，只知道她頂多就是停留片刻——沒錯，她就是這樣一如往常，停留片刻後帶著顯然非常壓抑的睡意默默走開了。

我摀著傷眼寫到七月，中間的養護過程每週一次回診，醫生說他植入的水晶體完整無缺，反而擔心我的裸視只剩〇．三，散光則更嚴重，臨時打開雷射儀器幫我處置，像打靶那樣在我舉目無親的瞳孔森林射擊，好像每槍必中，餘音不斷穿繞看不見的樹梢。

小說在八月發表後，已無人相信我有嚴重的眼疾，只有我知道前人寫作固然耗上生命，我這半盲之眼竟也蘸著百般滋味顛簸過來了。為了留住出書前這段經歷，我決定把這個番外篇收納進來，但又顧及前言所稱根據年度小說而編選，只好將它置於書末，象徵它擠不進來也要奮力一搏的勇氣，而且我也覺得這樣的強行介入會被理解，只因天生一種對人間事物的不信任感，才使我更願意相信文字而一直走在這條路上。

這本書裡有我不斷重複的人類情感、愛的品格、底層生命的暗光，以及身為寫作者該當涵養的救贖欲望。當然，也許你真的以為我在重複，其實我在超越，我守在傳統巷口，正在前往已經無法到達的地方。

櫻花

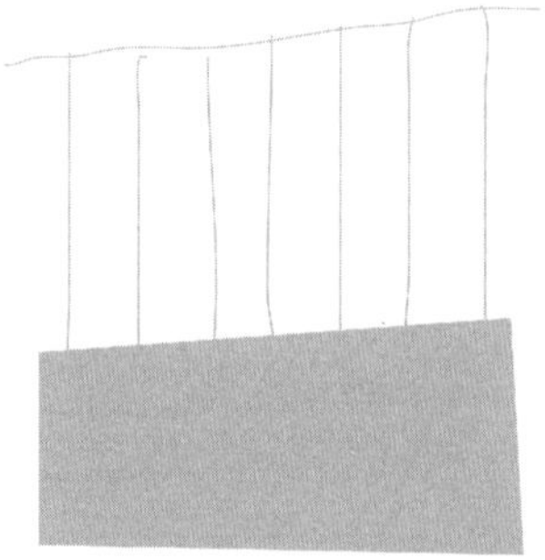

「櫻花要是碰到雨，花期特別短。」

「比愛情還短嗎？」

1

鼠蹊下方被她發現有顆黑痣的夜晚，如果記得沒錯，應該就是去年此時，南禪寺北邊的四月天。

隨著牙醫公會組辦的賞櫻團，去年首站來到京都，果然就在下榻旅店瞥見了她的側影。京都那晚下著雨，旅店庭園中她那削薄了的長髮分明已經打濕了，卻還一個人靜靜佇在石牆下的垂影中，雨絲在池畔聚光處形成細密的水簾，已經沒有人在那附近逗留，只有她還在頻頻張望，伸著手背擋雨，像一片葉子壓著那短短而可愛的臉。

不同的班機終於抵達了同樣的夢境。異地相逢雖然落實了原先的料想和期待，他還是禁不住暗暗驚喜，緊緊想要把那孤瘦的身影辨識仔細，一時反而心虛地低下頭來，瞬間一遲疑，他已夾在簇擁的腳步聲中匆快轉入通往餐室的甬道，只剩簷下撲落的雨聲不斷穿入他的腦海。

「旅行社說花期快沒了，說不定我就在京都等你喔。」半躺在診療椅上，她在漱口的空檔含蓄地低聲說。

約略透露著賞櫻行程的張斯林醫師露齒一笑：「要是真的碰到面，說不定都會嚇一跳吧？」

豈只嚇了一跳。他在大夥兒享用著懷石料理的長桌旁又掙又扎，箸筷都沒撐開，離席的念頭更且堵住了他的胃口。他嚇壞了。許多年前還穿著高中制服被她父親押著來看牙的女孩，誰想得到會有這麼一日，帶著一身輕裝散發出來的青春神采，悄悄飛越了高山大海，在這下雨的京都突然出現在眼前。

若把更早以前的印象連貫起來就更荒謬——她切齊在耳根的短髮、長達一整年緊框著門牙的矯正套，還有就是架在兩隻大眼上的黑框眼鏡。沒有父親陪伴的話，她不敢上門，而且還沒張嘴就先抓緊父親的袖子，白皙的臉蛋嚇出了更慘淡的白，要不是校服下小小的胸口起起伏伏可憐地驚怕著，他並不覺得那膽怯模樣與幼童有何不同。張斯林每次都不理會，故意和她父親隨口聊著，女孩再怎麼喊痛都不能打斷他。不到幾次，張斯林這招果然奏效了，此後她來就診雖然還是倚賴著父親，起碼已能主動坐上椅子，睜著那雙從不張開的大眼睛，透過鏡片盯在天花板上。

再回頭想到底吧。這時窩在書房裡的張斯林換了個坐姿，窗外寥少的星白一瞬間映入眼簾，已經到處開著花的時序，空氣中還是瀰漫著強烈冷意，像芒刺般時時刻刻鑽入他的恐懼中。

女孩後來的改變並不是拔掉了黑框眼鏡，也不全然是上了大學後常常散發著的少女的羞赧，而是後來的有一天，她竟然單獨出現在診所裡。張斯林在她右上的患處點了藥，敲掉棉團微笑著說：「很好，長大囉，不用人陪了。」

他準備關掉頭側大燈，才發覺她半躺的上身並沒有坐起來，那花一般可愛的臉蛋似乎削尖了，兩隻眼睛則慢慢泛起淚光，「爸爸車禍——死了。」

「啊，好難過，我和他那麼熟……」臨時不知怎麼安慰，他很自然伸出放下鑷子空出來的右手，在她臉頰輕輕拍捺道：「以後妳自己要堅強啊。」

一萬年後他現在終於想起來了。他用食指併著中指在她臉上輕輕的那一捺，似乎從此啟動了生命的開關。碰到考試時她會來報到，情緒低潮時更沒有例外，一個人靜靜坐在候診椅上，失神地望著長窗外的院子；至於感冒生病順便鬧起牙疼更是常有的事。年輕健康的女孩不該有那麼多的病牙，他逐顆檢視，彷彿在她嘴裡數著玉米，實在無可挑剔卻又不能要她馬上合嘴時，只好順便參觀一下那俏皮的舌尖以及散布在上緣的乳突狀的味蕾。

「還是痛呀，張醫師。」她蹙起眉，指尖按著臉頰。

張斯林只好再度拾起鑷尖，由左至右，逐顆輕敲道：「好，我再看看，哪裡痛就要說。」

敲到第三顆，她喊停，「這裡痛。」

鑷尖倒退回來，敲的是第五顆，還是喊痛，「噢，就是這裡呀。」

喊了兩次痛，卻又不是同一顆牙，那天晚上他就失眠了。此後他便開始等待，每當空氣中的麥克風輕輕啟動，他就暗暗聆聽著護士的唱名，覺得自己正在空中快要掉下來。究竟等待著什麼，他並不清楚，畢業不久就順利結了婚，岳父送給女兒的就是這幢臨街盤踞的宅院，有院子的牙科診所是全市傲人的地標，鏡面不鏽鋼切割的張斯林三個字穿出牆圍兩株大黑松，每天高懸在人行道上，不僅攬盡人潮車流，連黃昏落日最後一抹霞光都會留下讚嘆的投影。

明白自己不該再有任何期待後，他反而更加害怕，兩眼雖然盯在她的口腔內不敢偏移，然而那因為張嘴屏息而高低起伏的胸口，在他看來卻是驚濤駭浪。檢視著一整排熟悉不過的玉米牙貝時，竟恍惚覺得她的牙齒也跟著女體一起嫵媚了起來，每顆牙都很健康，非常非常健康，彷彿是他親手栽植的花籽，看著她發芽，成株，開花，結果，周而復始。

她也漸漸不再佯痛了，每次求診擺明就是定期檢查，如同定期地談到節令更替的天候，談到大學後的打算，甚至到了最後只談她自己。

有一次過了很久她才出現，墨鏡一直沒有摘下來，有意無意透露著第一次的戀愛，以及四個月後的分手。

再隔一年，突然談起清明節，說她那天非常孤單，捧著鮮花去上墳，才發現母親早已單獨來到墓前哭泣。

又一年，出現在診所的午休時分，背後束起了馬尾，淡慘的神色像極了她身上的白衫，從頭至尾不說一句話，也沒有掛診，後來靜靜地離開。

去年突然聊起她最愛的櫻花。

「我讀過三島由紀夫的《金閣寺》，聽說真的金閣寺美得喘不過氣來呢，旁邊好像也有大島櫻。」

「是啊，京都是沒有一處不美的。」他說。

一個月後，大島櫻還沒見到，春雨早在京都下著了。匆匆一瞬的照面後，餐室裡的張斯林藉故上了兩次廁所，他繞到原先她站著的石牆後面，迴望著中庭甬道上每個轉角，覺得自己恍如在夢中奔跑，雨中的上野旅店不停流動著迷離的燈芒，簡直如同到處出沒的鬼魅。後來他只好跑到櫃檯，慌張得像個遭竊的觀光客，客房組的人盡力接待他，總算幫他找到那剛剛失竊的人影，同時接上了房間裡的通話器。

他匆匆嚥著口水，總算聽見了自己的氣音，「妳——在哪裡？」

她的頭髮還是濕的，衣服都沒換，房間裡依然穿著鞋。他站在門口，嘴唇怔張著，興奮夾雜著彷彿離散又重逢的鼻酸，使得這一瞬間再也沒有任何顧忌，緊緊相擁的兩個人同時之間顫抖了起來。

床榻上的藺草香混合著從她肌膚散逸出來的糖蜜氣味，濃濃稠稠地裹住了他未曾有過的歡愉，以致當她祈求著一年後的花季還要來此相逢，並且伸出么指與他勾誓時，他不加思索便將那小指含入口中，從此代替了立契。

害怕天亮的兩個人，凌晨兩點再度展開了第二次。鼠蹊下方連他自己都不知道的黑痣，便是她慵懶地趴在腿側時發現的，她抬起指尖捺住了那個點，笑了起來：「看到了，有顆痣耶。」

難怪一年後的現在，這顆痣還隱隱然發痛起來。

如今原班人馬的賞櫻團已再度抵達京都，只有缺席的張斯林把自己關在診所上面的書房裡。他緊握著遙控器，電視頻道前前後後胡亂切轉，關了聲音的小螢幕重播著阿里山的吉野櫻，還有遠看像一粒粒紅湯圓的普賢象櫻；至於她最愛的粉白大島櫻則在節目的最後，隨風飄曳在預報寒流來襲的氣象畫面上。

以為衛星畫面上看得到京都各地賞櫻的遊潮，在這休診的週末夜晚確定是落空了。六天前賞櫻團出發的早晨，他就開始撥尋她的手機；同樣，每晚他開機等到天亮，死沉的黑殼像顆石頭藏在睡衣口袋裡，半夜聽到的只有惴惴不安的心跳聲。

儘管時時刻刻處於待機中，卻又害怕任何訊號會在這幾天突然出現。京都現在還下著雨嗎？她究竟會在旅店裡等他多久？要是她也像一般女人那樣情緒化的哭訴，甚至歇斯底里跑到他們的團隊裡大吵，也早該有人來通風報信了，既然什麼動靜都沒有，應該就不必擔憂太多，何況賞櫻團的行程明天就結束了。

去年唯一讓他懊惱的，是在京都脫隊第三天。那時花訊已經往北走，一行人只好開往素有「京都最後的花見」之稱的仁和寺，據說那裡觀賞得到直接從根部盤生綻放的御室櫻。他卻帶著她偷偷轉往櫻花已漸稀零的南禪寺，覺得那裡人少，可以放心走在小路上。而她換上了短褲，修長的美腿乍看是雪原中掙脫出來的驚豔，刺寒中她還把長袖高高捲起，雀躍地走在前面且又反手拉著他跑，跑近一排垂櫻時，還突然從草坡往下跳，坡下是長長的鐵軌，滿鋪的碎礫中橫列著枕木和石板。

她在石板步道上叫喚著：「下來啊，就跳下來啊。」

垂櫻的殘瓣抵著她笑開的眉宇，她揮著手呼出霧般的氣息，一會兒又輪番蹦起單腳，只見滿地的石礫中她那雙裸腿在他眼前飛躍而去。

長長的廢棄鐵道顯得空蕩蕩，特別容易成為遊人注目的焦點，曖昧的流言也許就是從那裡傳開的吧，他疏忽了，賞櫻團中有人是帶著家眷的，誰說所有的人全都走往別的方向？他已非常小心，以為草坡上有櫻樹覆蓋，而且兩個人一高一低錯落在草坡與鐵道間，縱使那響鈴般的笑聲穿過晚櫻拂蕩著，在這冷颼颼的晚春時節應該沒有人會注意到他們的身影。

張斯林雖然終究沒有跳下去，回國後才發覺一切都完了。他像個遲歸的浪子，站在被轟出來的房門口，任憑他的妻子美虹把一些瓶瓶罐罐砸在他身上，哪怕臉頰已被彈跳的碎片刮出了血。

「我要離婚！」發洩完，裡面那頭疲累的母獅還喘著氣，蓬亂的髦髮顫晃著，「是我爸爸看上你這個醫生女婿，才糊裡糊塗把我嫁給你，你他媽的張斯林，現在我才知道，原來你根本不愛我。」

房間裡繼續丟出他的衣服和枕頭，她要他招認，女的是誰非知道不可。反正從台灣帶去的，不可能會是雞，她說。貼在門框上的張斯林囁嚅著。回家才沒幾天，身上甚至殘留著京都之夜纏綿的體味，腦海裡不時重現著她趴在腿側嬉玩的情景，如此神祕的溫存片段是那麼難以捨忘，以至飛機緩緩降落在桃園機場的震動聲中，他又再一次不自禁地勃起了。

他低著頭，忘了疼痛，意識到自己體內正有一股讓他永生難忘的勢力，那是能夠將他的男性完全舒展的悸動，憑著這股悸動，他覺得自己總有能力勇敢地承擔下來：是的，我搭上了一個女人。她是誰，沒有那麼重要，但我告訴妳吧，我有一顆痣，而我們結婚那麼久，女兒已經上了小學……，卻只是一個晚上，這顆痣那麼快就被一個女人發現了，妳知道我在說什麼嗎？

房裡的女人繼續咆哮：「張斯林，你不說，我自己來查，等著離婚吧！」

他還在提氣發功，準備蓄積驚人的勇氣對抗強敵，然而窗外招牌上的鏡面鋼板在這瞬間射出的折光擾亂了他。他那浮雕的名字不動如山，依然沐浴在陽光、空氣和雨水裡，還是那麼尊貴，那麼受人崇仰。於是當他瞥見那誘人的折光，馬上洩了氣，終於還是衰弱地搖著頭說：「美虹，我真的什麼都沒做，我發誓，沒有就是沒有。」

第二天開始，診所如臨大敵，門診大廳有牆之處都在轉角上方架裝了攝影機。美虹下達新規定，三個年輕醫師輪流使用不同的診治檯，唯獨張斯林固守在迎門可見的夾層樓上，像個尊貴的重刑犯，挑空處圍著可以穿透的鑄鐵欄杆，攝影機剛好就對著他的後腦勺。這個準直清晰的畫面出現在螢幕上時，只剩半簇稀毛的他的後腦勺就像個剛破殼的鳥胎，一起一伏彷彿等待著母翼的救援。

毫無斬獲的三個月後，美虹開始轉守為攻，她翻出所有的病歷，第一步先篩出女性患者，接著採用消去法，刷掉二十歲以下的少女，排除中年以上的人婦，剩下來的，她拿到張斯林眼前晃了一晃，起碼四十人。

自從她握有一干嫌犯，心血來潮時便揪出幾個來評頭論足，一面盯著他的臉色辨識各種敵情。張斯林有時便把攤開的晚報披在臉上，暗中焦慮著唯一的女犯早就以她優異的條件入圍了黑名單，等待抽獎的滋味真不好受，行醫以來從未有過這樣的折磨。

兩天後，終於輪到最後一批的唱名。

葉文慧。這不就是那個做保險的嗎？長得比牛還粗，我就不信你搭這個。

蘇香玉。頭髮弄得像一隻鴨賞，情婦沒有這麼笨的打扮吧？

王明美。我知道這八婆，眼睛老是到處瞟，告訴你，我注意她很久了。

他拉開陽台門躲出去，點了香菸靠在牆上，唱名的聲音還是沒有放過他。

周慧如。你會喜歡這種的嗎？胸部大過屁股，我跟你講，她的奶是做的。張斯林，你別以為站在外面吹風就聽不見……。

她突然開始哭泣，翻閱的動作卻還是沒有停下來。

朱少琪。你會不會是搭上了這個。你有在聽嗎？我說的就是這個朱少琪，長得漂亮有什麼用，倫理道德什麼的她一定沒有。

李碧茵。不就是那個羞答答的小女生嗎，不會吧，笑死人了。

還有，這個——說到一半，突又朝他叫道：「張斯林你這王八蛋，你說說看，我們為什麼會變成這樣？你在幹什麼？而我在幹什麼？」

她的哭聲終於碎開了，病歷表撒了滿地。張斯林背靠著漆黑的陽台，心裡的巨響還在震盪著，全身早就顫抖了起來。

2

羞答答的李碧茵自行褪去了套頭毛衣，往上翻起的力道拂亂了她的長髮，像飄下來的落花垂散在袒露的胸口上。張斯林一面抱住她，一面從窗簾中間撥開的亮縫往外瞧，外頭是他藏放在樹林下的車子，雨後的刺桐葉落了滿地，若還有什麼疑慮，大概就是草坪上的風中總是空空飄搖著的秋千架。

他終於摸到了背上的暗釦，解開後立即把臉埋入她光溜嫩滑的胸口。窗簾縫滲進來的光束把這木屋刨出明暗兩個洞窟，他緊靠在黑暗的這邊終於可以安心地舔吮並且期待著她的呻吟。

安全是回家最重要的道路，他在交通宣導帆布下加足馬力把車開往郊區，藉著報名參加植牙學術研討的機會，又一次擺脫了監視器的糾纏。碧茵很配合，張斯林規定她不能再來看牙，記得要在電話中使用正確的暗號以便決定上車的時間地點。「牙痛」代表公園東側後門，「牙肉出血」指的是火車站，「門牙」則是下午一點，若是第三顆當然就是下午三點，其他以此類推。碧茵聰明伶俐，總能細心將自己貼在柱子後面藏起來，每次他的車子尚未停妥，她已瞄看了一遍附近左右，確定安全無虞才像貓一樣縱入前座，然後把她迷人的臉蛋和長髮低低安放在他的腿股上。

張斯林每回檢查完外面的動靜，便咻一聲拉上窗簾，然後在黑暗中摸開了燈，兩手橫著把她的裸身捧上床，輕輕放在中間。碧茵紅赧的臉上總是緊閉著眼，兩手疊在私處，像個送上祭壇的女體。面對著這樣一顆剛剛剖露的白瓜，苦盡甘來的張斯林總算嗅到夏夜的果香，終於可以放心地啃啖起來。

這樣的情景後來卻難以持續，出門的藉口逐漸用罄後，偷得到手的時間就越來越短，每每總是他先把身上的衣服除盡，衝進浴室裡像把自己丟進洗衣機，一陣胡搓亂抹後，出來時已滿身大汗，然後匆匆跳上床，往旁側被單上猛拍，「快上來啊，碧茵。」

往往這時候她還呆立在窗邊，甚至皮包還掛在手上。

「昨天晚上，我又夢見京都的枯山水。美麗的白砂上面擺著十五顆大石頭，你記不記得，看起來就像心的字形。可是，我夢見那顆心被移動了。」

「喔，被移動？」張斯林把她的右大腿撐高，喘著氣，「為什麼被移動？」

她把腿縮回，拉上被單，「也許不是被移動，是被偷走了。」

他只好偏著頭找她的臉，「誰那麼大膽，偷了妳的心。」

也就那一次，她的情緒特別低落，但也只是蒙著被單低聲啜泣著罷了。

此刻，躲在書房裡的張斯林告訴自己，該擔憂的事應該都沒有了，她的性情就是那麼溫婉，世俗在她身上從沒糟蹋過她的純真浪漫，以她那麼依順的個性，何況她喜愛的櫻花正在京都綻放著，那麼綺麗的氛圍中，她哪有可能會在他的友人面前鬧出什麼情緒來？

就算半個月前還有些爭執，最後還是被他擺平了，何況那天是她自己違規，才見面沒多久，卻突然又來到診所裡。他想不起來了，那天她穿著什麼的啊——好像就是一件白色T恤，外面隨便罩著男性化的黑夾克，臉上也沒有妝，是相當成功的偽裝。可是她一坐上診療椅卻直口說：「我已經拿到你們旅行社的行程表了，還有，我也在別家辦好了手續，會提早一天在那裡等你。」

診療椅上，他注意著她的小動作，故意含著嘴，鬧著情緒呢。他曾經警告她，如果非來診所不可，說話時不可以對著他，也不能說太多話，沒想到這回連嘴巴都不張開。他的鑷尖還在手上，不知該怎麼伸進她嘴裡，攝影機正在看著，當她說著「會提早一天在那裡等你」這樣的語意時，他只好趕緊換根壓舌棒撐開她，然後喃喃著說：「我幫妳看看有沒有牙結石。」

他左瞧右看，金屬在牙床上喀出了聲響，這時他終於沉下臉，眼睛深入她的上顎，彷彿來到一個陌生山洞裡，低聲對著稀薄的空氣說：「說過多少次，今年我已確定不參加，別孩子氣了。」

他故意不把鑷子收回來，免得她又多話了。然而她卻挺起脖子往後退，嘴巴移出了鑷尖，閉上眼睛說：「去年你已經答應了。」

「下來吧，沒有牙結石。」

「你不答應，我就不下來。」

「牙齒都好好的。」

「我要做假牙，上面那兩顆，你說過要幫我換好一點的材質。」

她重新坐好，嘴裡才張開一半，他已關了大燈說：「下次。」

碧茵拗在椅子上，抓緊了扶手不下來。他擔心這樣的僵持，攝影機不會放過，為了讓這緊張氣氛緩和下來，他只好通知護士準備印模，接著毫不遲疑敲下那兩顆她念大學時鑲嵌上去的假牙，然後在牙根四周車磨一番，重新消了毒，命她漱口，聽見她說：「今天不是專程來做牙齒喔，是來確認我們的行程……」

「妳不知道京都正在下雨嗎？櫻花要是碰到雨，花期特別短。」

「比愛情還短嗎？」

「又在說什麼！」

「好吧，讓我再說一次就好：我一定會在老地方等你。」

他不想理會，拿起倒滿灰漿的鋁槽，朝她半開的嘴巴強行塞入，用力頂住了她的上顎。她掙扎著，那黏糊糊的模具幾乎大過她的臉頰，以致她被猝然撐開的瞬間，那雙眼睛驚恐地圓睜著，再也沒機會說出話來。

因此，他終於可以背對著攝影機開始訓話了——要維護愛情，總不能光靠一張嘴巴說著玩的，這個妳不知道嗎？貪圖出國玩幾天，回來後會出現什麼後果，難道妳都沒有想清楚？

他甚至把「小不忍則亂大謀」原封不動說出口，看見她終於安安靜靜聽著了，聽著聽著慢慢潮濡了眼睛。眼看著她慢慢流下愧疚的淚水，趁這感人的氛圍總算把他們兩人凝聚起來，於是他吭出了完美的收尾，「如果妳還是堅持要去，我們就不要再見面。」

3

夜深了。

張斯林像個緊盯著畫面的電檢員，從過去那些影像逐段審查到這裡時，女兒突然推開門，吵著要他下樓陪她練琴。他關掉了電視，覺得總算可以放心，這無風無雨的寧靜氛圍，不就已經印證了那天他略帶威脅的語氣是奏效了。

然而，他走錯了鍵。當他掀開琴蓋開始試音，側著臉朝他女兒微笑時，那輕撚而去的指尖突然著魔似地黏在尾鍵上，並且發出了重音。因為，電話突然響起來了。他提防多日的電話聲，像隻土撥鼠，沿著即將深鎖的鐵牆縫隙裡鑽了進來，驚狂、尖叫、顫慄著。

然後他聽見美虹站在茶几旁推辭著對方，最後不得不把話筒擱在桌上，朝他嚷著：「你自己來聽吧，這麼晚了……」

他小心翼翼拿起話筒，像握著槍管對準了自己的耳膜。對方說：「張醫師，對不起，我姊姊急著要用的牙齒……」

「什麼牙齒?你姊姊是誰?」

「李碧茵。」對方用力擠出嘶啞的聲音:「我是她弟弟,就在診所門口。」

張斯林彷如一陣休克後醒來,猝地騰空的腦門陷入暈眩,恍惚聽見自己嚥著口水的聲音說:好,我下去開門。

他顧忌著對方,只推開一個小門縫,瞧見外面的少年穿著皺黃的運動服,稀疏的鬍髭散露在那半張瘦臉上。他深懼著對方是來勒贖或談判,不得不挺著上身擋在門把上,沒想到人還沒進來,已迫不及待說著他的來意,如同黑夜翻起一波大浪,瞬間把他根本難以想像的噩耗沖了進來。

「還在日本等待貨機的班次,遺體最快後天才能運回來,」少年低著臉,但鎮定地說:「解凍後,很快就要入殮,時間很趕。」

張斯林勉強撐住自己,「為什麼——會這樣?」

「有留下……遺書,交代她在這裡做的牙齒要裝上去。母親說,就拜託張醫師無論如何都要幫我們趕工,看能不能讓我姊姊完整地帶走。」少年這時掩起臉,開始嗚咽著,「張醫師——如果忌諱,母親交代說,一定要給你磕頭，」少年沒說完，突然往前折彎一隻腿，碰的一聲高跪在地磚上。張斯林拉不住他，急急忙忙說著安慰的話，不斷拍著少年的肩膀，同時一口答應，只要入殮的時刻確定，他一定會準時帶著那副牙齒前往……。

少年離去後，剩下來的張斯林呆立在診所中央，天花板上彷彿數不盡的白光朝他狂照下來，霎時將他埋入無涯無邊的茫然中。當他聽見他的太太從樓梯下來的腳步聲，已經想不起剛才空白的那一段已經隔了多少？他走到架子旁，取出昨天技工所送來的齒模。她的兩顆瓷牙還套在那天塞入嘴裡的模印上，模漿早已乾硬，空空的牙床很像一個人咧著嘴笑，很像一個人咧著嘴哭，很像一個叫李碧茵的女孩常常被他強行撐開的畫面，掙扎地重複說著愛情、愛情、愛情……那樣的嘴形。

女兒拉著媽媽站在三步距離外靜靜看著。顫抖的張斯林癱在圓椅上，想著要不要先把瓷牙拆下來稍作一番車磨粉飾，或是回到客廳乖乖地彈琴？然而轉念一想，覺得無論如何都沒辦法讓自己平靜下來了，這時他只好勇敢地奮力一搏，開始放聲大哭。

評錄

〈櫻花〉寫的是張斯林，一位牙醫的婚外情，婚外情的對象是位病患李碧茵，許多年前，李猶是高中生時，仍穿著制服，由父親（張斯林的朋友）強押著帶來給他治牙。王定國在這篇小說中嚴謹的布局，意象穿插貫穿全文；張斯林畢業之後，岳父送給女兒的嫁妝的這棟臨街盤據的宅院成了牙科診所。張斯林與婚外情女子的關係是醫病關係，看病時那樣緊密親密靠近，情慾波動：「明白自己不該再有任何期待後，他反而更加害怕，兩眼雖然只限於躲在她口腔內不敢偏移，然而對方因為撐著嘴而在屏息中高低起伏的胸口在他感覺中卻像驚濤駭浪。檢視著一排熟悉不過的玉米牙貝時，竟也恍惚地感覺到連她的牙齒也竟跟著女體一起嫵媚起來了。每顆牙都很健康，非常非常健康，彷彿是他親手播植的花籽，看著她發芽，成株，開花，結籽，周而復始。」相約著花季到日本賞櫻，戀情亦如櫻花，淒美短暫。這篇文章除了綿密安排藉著看牙暗度陳倉的意象張力外，它的結局意外的急轉直下，力道十足，「兩顆瓷牙還套在那天塞入她嘴裡的模印上，模漿早已乾硬，空空的牙床很像一個人咧著嘴笑，很像一個人咧著嘴哭，很像一個叫李碧茵的女子常常被他強行撐開的畫面，掙扎地重複說著愛情、愛情、愛情……那樣的嘴形。」上面的那張口暗喻著下面的那張口，性與死亡雙重意象，王定國寫來，中規中矩，伏筆暗喻，讓人以為這位作家是個牙醫或是學院受過寫作訓練的方內之人，一探才知是潛沉二十年，從事建築業有成的商人，近年棄商重回文學的懷抱，尋求心靈的安頓，中年閱歷更加成熟後，重拾小說技藝，頗為可觀。

《九十二年小說選》主編林秀玲

苦花

這一刻他才終於明白，這是命運。

當他背對著晨曦浮上來的時候，鼓滿水氣的短夾克彷如漂在水中弓起的貓脊。從他身旁淙淙撲落的急流，在岩塊下方沖激出白霧霧的水浪，然後沿著潭口的石縫漸次篩慢了流速，平緩地流向卵石灘，流到揹著書包的兩個原住民小孩的腳前。

「好像是一條死狗。」皮膚較黑的說。

另一個靜靜凝注著爬滿青藻的石岩，漂浮物順著流向卡在那裡，當他撿起石頭準備朝它丟擲時，剛剛說話的那個叫了起來，「有頭髮在動耶。」

兩個孩子互看了一眼，同步躡起腳尖朝上游探試了幾步，身背壓得極低，彷彿那上面棲著一隻水怪。當他們終於辨識出那黑旋的髮鬃確定不是水草時，迅即返身朝著水岸上面的產業道路飛奔，背後的書包左右晃浪著，原本狩住草澤的水鳥一聲接著一聲啪啪飛了起來。

1

他曾經使過全力想要脫身，奈何石洞內好像隱藏著一股渦漩，看不見的力量緊緊吸住他的右腿，乃至當他像個翻栽的稻草人斜插在水中時，額頭敲鐘般同時打在岩角上。那時月亮縮得很小，只記得掛在岸邊的山是黑的，而山的旁邊有光，但那種光卻又蒙著一層陰灰，很像即將破曉，又似黑夜剛剛來臨。總之就是那怪異的光，突然給他帶來了臨別最後的啟示，他已經完了。

現在終於明白了，人怎麼去，不就像水一樣嗎？但究竟昨晚怎麼來，怎麼會在這裡，只是專程一趟散心竟突然掉進這深山，突然落入這冰寒的水底？現在他只不過是個靜止的龐然大物罷了，魚群在他腳底下戲游，闊嘴郎閃著牠漂亮的斑彩，他鬆脫在皮帶外的衣襬下有成群的石賓魚來來回回翻滾，竟然還有平常罕見、只有大雨後的濁流中才能偶爾釣獲的三角鮎也來試圖啄擊他的肚皮，三角鮎像一尾尾頭側有刺的小鯰魚，然而他卻一點痛覺都沒有了，就像山邊那片陰灰怪異的光所默示他的，他真的已經完了。

一切都來不及交代，時間一到似乎就如同電源的開關突然往下拉斷，空氣中唯一殘餘的，是那麼天高地遠彷如陷入死靜之後的空蕩蕩的回音，那聲音很細，很像一縷秋深最後的蟬鳴。求救的訊號已經變成下沉的浮標，現在他能做的，只是把那耳畔僅存的回音連結起來。也許那聲音是民宿老闆娘阿麗留下來的，是此生所見最後的人，也是此生所聽最後的聲音。對的，是阿麗沒錯，昨夜九點過不久，他到樹下發動車子，阿麗站在平日攬客的小路口，他把前燈打開，照亮的是她淡紅色的睡衣。山村一入夜就特別冷了，何況四處的竹林間剛剛下過一陣雨，她輕揪著胸口的斜襟，倚近車窗大聲喊：「不要我帶路，那就自己小心啊，路頂暗蒙蒙攏是石頭。」

山溪旁當然到處都是石頭，五年來這地帶走過多少遍，數已數不清，只是一季沒來，芒草已高過山洪沖刷下來的石塊，甚至掩沒他停在產業道路岔口上的車身。雨後的月亮露臉了，但荒山野地卻還是一片黑漆，這樣的森冷之地早已汰盡人煙，平常遊客大多聚在下游處戲水，頂多幾個耐不住手癢的溯溪上來，但也只是圍在靜水的潭面釣釣溪哥或長腳蝦，何況不到黃昏便又紛紛收竿歸營了。

對他來說這是第一次的夜釣。往常來到這山村總是先過一宿，天亮才出發，獨自一人在叢林裡穿進穿出，哪裡是最好的釣點，哪顆爬滿青藻的石側在幾時幾分之後索餌最凶，他一清二楚。那麼，臨時起意堅持要來摸黑為了什麼，連自己都嚇了一跳。啊，九時前一刻——他終於想起來了，那時民宿的門廊提早關了燈，外面只剩青蛙和蚯蚓在黑暗中交鳴，沒有其他外客的餐室裡擺滿一桌他愛吃的山產野菜，但他卻突然站了起來。他記得就是這麼說的：「我要去釣魚。」

阿麗並不是從一開始就把手護在胸口的睡衣斜襟上，那開低的薄衫隨著走動間的擺晃，有時真像晚春初萌的葉芽在風中飄搖，空氣中不斷有風吹動，一會兒掀出她抖抖閃閃彷彿睨著看人的乳房，一會兒扯開她頸項下的繫口，滑出一片雨後初筍剛剛剝殼般的皙白背肌。這樣的想像太可怕，沒有想到只是和阿麗酌點小酒，微醺後就把自己的思緒弄得如此猖狂，而且那想像還煞不住腳，明明她依然只是側坐在桌沿，恍惚間他已將她淡紅色的睡衣往上脫光，最後只剩一軀綿軟的肉身忸忸怩怩橫置在眼前。

許多年來早已不曾看過這般淫狎的幻影了，因此當他站起來的時候，當他突兀地表達「我要去釣魚」這樣的語意時，他竟又同時聽見了內心的哭聲。他摸黑來到這個熟悉的釣點，原本就是為了讓自己趕緊冷靜下來，沒想到現在卻冷靜得如同一塊冰。幸虧山邊慢慢有光，山雀紛紛飛出林子叫醒了他的靈魂，眼看著自己的後背像傾塌的白帆慢慢浮出水面，這一刻他才終於明白，這是命運。

2

鬆鬆軟軟才剛要睡入夢鄉，已經有人在外面叫門，門廊口喊完，跑到側院窗邊敲著玻璃，不久又繞到後面臨溪的灶口大叫，阿麗啊，妳有聽到莫？

是哪一個燒酒醉抑是神經病，透早天未光就在外口吵弄？她瞇開眼，心裡咕噥著，發現還是躺在自己的床上，旁側也是空的，雖然幾年下來一直都是這樣，但昨晚那種什麼事將要發生的感覺卻不斷延伸，讓她心慌慌，床褥狂抓了一整夜，醒不醒，睡不睡，擔心方先生來敲門，敲得小聲怕聽不見，敲得大聲又怕他會不會是一肚子的酒喝醉了？

阿麗勉強爬起來，淡紅色的睡衣上胡亂搭上一件夾克，湊近鏡面一瞧，才知道昨晚臨時敷上的薄粉還在，像剝開的六月甜桃，擺著放著不就像這樣整張臉泛成了鐵鏽嗎？外面的越敲越急，是啥人家火燒厝？顧不得鏡裡這張臉了，一拉開門縫，村幹事阿不拉已經把臉貼上來，「溪仔邊死一個人。」

「啥咪人？」只是隨口漫應，心裡煩斥著，你糊塗找錯人了吧。

「身軀找無資料，大家攏講是妳店內的人客，警察、法醫攏來囉，妳趕緊查一下。」

「哪有可能？昨日拜三，你想咧，也不是假日，我這裡哪有可能有人客？」

村幹事搔搔頭，「這就怪奇，還有誰會跑來這個所在自殺？」

自殺？阿麗蹙起眉，感覺前面路口突然起風了，一大片竹林朝著山崁抖抖索索，頓時一股寒氣自她體內浮竄了上來。昨暝不就是在前面路口送伊離開的嗎？她看了村幹事一眼，兩手揑著夾克領子迅快跑過餐室，繞過三十來坪大的停車場，平常供宿的六間木屋依序築在成排刺桐樹下，方先生每回住的最後一間，門口還開著他喜歡的白白慘慘的馬茶花。

車場空地不見他的車，門檻下也看不到他習慣擺著的拖鞋，但她仍然抬起手試探地輕叩，只是嗓音隨著剛剛差點跌跤的碎步或者淒淒喘喘的鼻息，早就變成尖揚的怪調：方先生，方先生。淒啞的嗓調浮在空中彷彿沾了冰冷的水氣，又是一連串的方先生，方先生，她的聲音變得濃濁了，張了手掌開始用力拍門，窗玻璃震出了回音。

八年前阿志死的時候也是這般景象，那時娘家阿爸留給她的這片田還沒改建民宿，結婚五年一直住在隔壁村的新洋房。那天一樣也是這樣低的氣溫，不同的是她在屋內，外面拍門的是兩個人四隻手，震得她摀住耳朵還是嚇哭了，「阿麗啊，妳頭家駛怪手栽落崁仔腳啦！」

她取來備用鑰匙給村幹事，自己摀著嘴縮在一旁。窗內木頭架上擱著行李袋，他習慣掛在左肩的相機和遮陽帽靜靜垂在牆中央，空氣中聞不出有人待過的氣味，推想昨日黃昏他來投宿一直到現在，裡面的東西都沒動過，床也是空的，枕頭和她親手疊放的被褥齊齊整整擱在角落上。阿麗再也忍不住，淒聲叫了起來：「伊真正無返來睏？」

村幹事似乎鬆了一口氣，「伊叫啥名？」

忙著掉眼淚，直甩頭，兩手不停地發抖。對方提來那個行李袋問道：「我打開看好莫？」

「你自己決定啦，不要問我啦。」

她立即退到門外，彷彿那袋子裡藏著她駭怕的答案。生還是死？喜或者悲？才剛活生生地來，哪有可能一夜就走了？她幾乎還聽得到昨日黃昏他開車抵達的聲音，她從灶房直奔而出，活像自己的丈夫從千年萬載的別離中回來了，只差不敢嘗試直喚他的名字。方先生！方先生！喜孜孜勾起嘴角輕喚著，撩起圍兜拭著手背，對著擋風玻璃上斜映著的人影和樹影；但也只能癡癡傻傻不斷地拭著手背八萬次，笑得輕輕淺淺，好像內心的愉悅是偷來的。

這種愉悅是慢慢累積的，像她偷偷畫在本子裡的記號，算得沒錯的話：五年他已來過了十九次，來時總是獨自一人，靜靜地四處走走，靜靜地扛著釣具下到溪邊。說起他的家庭，眼裡都是笑意，有個溫柔體貼的太太，有個還在美國念書的乖女兒。一個彬彬有禮的人，談到自己的生活好像擁有了一切，阿麗聽著看著，從羨慕到忌妒花了整整兩年的時間。

感情是多麼難說啊，常常想起民宿剛開張的景況，餐室裡一遇到假日就客滿，她忙著炒煮還要兼顧上菜，斗大的汗珠掛滿臉，場子裡跑跑蹌蹌像個生手的下女。偏偏就是常常有人喜歡衝著她盈盈嫩嫩的體態來吃吃豆腐，沒有人相信她三十出歲就當起寡婦，而且還是個撫養著四歲孩子的母親。食客中更有手賤的，趁她捧著熱湯回不了手，藉著閒聊比劃順便摸摸她的小屁股。生手做慣了，反而潑辣得比誰都厲害，再碰到摸屁股的，她不慌不忙，湯碗平靜無波擺上桌，拾起對方縮回去的那隻賊手，輕輕拍它兩下，這才使勁拖住，硬拉硬扯就是要看著整隻手掌浸入湯中。

她不僅學會了一大串粗賤的罵詞，殺雞剁鴨原本畏顫得如同纖手刺繡，如今也俐落得大大出名。感情真的難說呀，半夜到來她就禁不住感嘆，當她秀里秀氣看起來還像個大姑娘時，每天不缺那種狗狗兔兔的客人跟前跟後地追搭，那時她理都不理；等到三五年過去，臉變黑了，胳臂使粗了，反而自己挑上了別人。

挑上了這個方先生。村幹事抽出行李袋裡的文件翻翻看看，好似對著她說話，又像自顧揣測著，「我看拿給他們自己去查吧。」

阿麗還是直搖頭，該說好或不好完全都亂了。阿志出事那天的景象，她被攙扶在山崖上，看著那熟悉的挖土機如同被支解的殘臂，明明那隻失控的鋼爪早已晃盪著懸在空中，她還是在一把鼻涕一把眼淚中暗自乞求那塞在操控椅下的只是別人。現在呢，一夜沒回來，而溪邊死了一個自殺的，這時候還能巴望誰當替死鬼——方先生啊，難道你真正甘願夭壽短命，為什麼偏偏欲騙我，啥咪婚姻幸福美滿？啥咪你有賢妻良母？我看你厝內的查某人是破婊啦，伊是討客兄啦，若不是，我千想萬想攏想不出，到底你還有啥理由一定欲走這條短路？

不敢想像這個噩耗要怎麼連上昨夜那突然浪漫起來的氛圍？像個小女子終於盼到遲歸的戀人，她慶幸著沒有其他外客，可以好好服侍他一個，可以把他愛吃的野菜好好擺上一桌。盼了三個月又三天的阿麗，掌廚的動作充滿了節奏，一把鍋鏟在她湯湯油油孤單寂寞的灶房裡揮出了樂章，她同時聽見了灶口下方溪谷傳來的悠悠水聲，那麼奇妙，不再是擾人心頭。她好像還看得見這一股沒頭沒腦的快樂，雖然只是一個常客，沒摸過手，沒動過腳，但整個人就是無來由地讓她安心。就像曉慧五歲時發著高燒那一夜，幸虧剛巧他來，載著她們母女從小診所折騰到大醫院，雖然大她十來歲，抱著曉慧跑起來不管是跨著石頭路或者急診大廳中那白茫茫的世界裡，他都像個健步如飛的山中人。就是那一刻，她突然湧起強烈的意願，看見自己躺在那個懷抱中快樂地發著高燒，昏昏沉沉，睡著也行，死了也沒關係，因為生活中其實早就沒有其他的依靠可以讓她想要活過來。

因而在這難得盼到的夜晚，不想理會外面何時落霜，冬季最後一波寒流到底多強，三十六歲的阿麗反常地換上睡衣，帶著不曾有過的羞赧以及她從思念中慢慢儲存起來的勇氣，佯裝無意地來到餐桌，卻又顯得過度地安靜，安靜得整個餐室只剩彼此所聽見的，對方的呼吸。

坐在他旁面的桌沿，她偷偷上過薄妝，胸前腋下散發著婚前婚後從未開罐的茉莉香水，淡紅色的睡衣讓她平素撐持著的悍氣瓦解了，雖然不致衰軟得低垂著臉，但是陪他喝點小酒的舉措卻像個剛剛掀開蓋頭的娘子，像初生的鳥喙輕輕沾水，像屋後那棵每到黃昏就開始害臊的夜合花。

她幫著夾菜，碗裡已有現宰的土雞肉，何況山芹菜和過貓已經填滿了大碗，她夾上的最後一把金針花終於溢出了碗口，也就在這個時候吧，她想起來了，他竟突然站了起來，酒紅的面頰對著牆面自語著：「我要去釣魚。」

想起這一幕，終於不由自主感到羞慚起來，幸虧村幹事早已帶著資料走遠，沒多久村裡唯一的警車也已經來回走過兩趟，奔馳而去的方向正是昨晚他開車離去的地方。還有什麼好想的，死就死了吧，只是——為啥咪，明明欲去自殺，偏偏揀我換穿睡衣的時辰，是我的睡衣使你想起人生苦海麼？抑是我身軀離離落落使你感覺人生無望麼？若是人生真正苦海，也不應該酒菜吃一半，難道莫替我想，我不過是一個查某人，好歹嘛是遵守婦道的查某人，聽到你忽然間講「我要去釣魚」這款推辭的話語，我請問你啦，恐怕你在苦海比我較快樂啦，你莫替我想，我是不是還有面子活落去——想到這裡，淚水直撲下來，突然聽見屋後溪谷的急流，似乎正以從未有過的湍浪旋起了滾滾回聲，像晨起的無邊雨霧將她裹住全身。

3

昨夜摸黑尋找的，不就是現在卡住自己屍體的這顆巨石？逆水的石面爬滿了青藻，那時手電筒一照，清晰可見硬幣大小般的噬痕，那是苦花利用下頷刮食的傑作。他經常採用這種辨識釣點的竅門，一路尋找藏匿在巨石底下的大型傢伙，最佳紀錄是二十六公分長的大苦花，在一處小瀑布下方被激流沖蝕過的深洞裡。

剛認識阿麗不久的一次泡茶中，她曾經好奇，為什麼特別喜歡苦花這類難釣的高山魚種？那時他沉默著，但是五年後的現在，不僅不再有機會來跟她解釋，也許現在的自己不就像一條被宣告滅絕的苦花魚硬僵僵地浮出水面了嗎？兩個學童跑走之後，四周慢慢聚來圍觀的村農，當他被兩名義工抬上岸時，警察立即在他周邊繫上警戒的黃帶，緊接著驅趕的哨子聲尖銳地響了起來。

公所來的女職員掩著鼻子，躲在別人的肩後說：「到底是誰呀，為什麼半夜跑來釣魚？」

前面的肩膀說：「妳眼睛會不會看？妳看那塊大石，」那人指著溪中高起的岩磐，「距離溪岸最少六公尺有吧，何況水潭比較高，不就是涉水到潭裡自殺，難道他半夜純釣魚，不小心落水，然後水往上流，把他沖到那裡面？」

岔進來的歐巴桑邊說邊看著警察，「伊講的真對啦，聽講都市人越來越愛自殺，小小冤家一下就自殺，平均一點鐘就有一個，我一個阿嬸伊的親戚的小叔仔嘛是同款，伊——」說到一半，被後面的大手拉走了，「妳娘啦，妳食飽閒閒是莫？屍體倨近近，講一牛車無驚伊聽到？」

他當然都聽到了。他唯一想說的是他沒有自殺，如果不是嘴巴塞滿泥沙，相信憑他滿腹的冤屈，應該還能挺出勇氣把真相說出來。當時雖然喝了酒，但那一點點醉意根本不算什麼，否則怎麼一到溪邊還記得套上釣魚專用的短夾克？夾克裡裡外外總共十六個小口袋，用來裝置鉛珠、子母線、小剪、日本伊勢尼魚鉤和轉鐶之類的線器，不到十分鐘他已把兩支十八尺長的釣竿分別繫好了釣組，為了避免長夜漫漫的空等待，他在其中一支的竿尖繫上點燃的香，接著將竿尾插在腳邊的石堆裡；另一支則採取直感釣法，直接握在手上，任憑八錢重的鉛珠垂到水底，然後抬手繃直母線，等待吃餌的訊息傳到手中。

剛開始他做得多好，就是因為這樣的熟稔，學會釣魚之後的第三年他就輕易釣到了那條大苦花。然而，兩支釣竿落水就緒後，這才感覺身體內外突然顫抖了起來。天空只是幾點寒星伴著濕濡的缺月，落映在看不見的激流中只剩鱗片般飄忽的折光，而對岸的山是那麼黑，黑得太過突顯以致看起來像隻魔掌對準了他的臉龐。大約就是這樣的緣故才讓自己隱隱顫抖起來的嗎？起初以為是另一支竿尖上燄紅的香點在顫動，是苦花瞬間就餌的強烈訊號，為了換個角度瞧，他偏偏顛顛站了起來，但那訊號很快就消失了。

彷彿整個世界都消失了。似乎就在真正陷入黑暗的瞬間，才發現到原來整個世界只剩他自己。那燄紅的香點因為風的吹拂，一層層卸開它的餘燼，好像只剩越來越衰弱的呼吸在風中抗拒著。這時他才發覺根本不該來，不該來這莫名其妙的夜釣，或許更不應該來這一趟匆匆忙忙的旅程。多麼希望還能回到昨天中午的十二點四十分，那時女兒還沒離開，餐廳人多，他提高聲調央求著：「你就讓我當個主婚人吧！」

如果可以重來，他願意再懇求一次，時間不急，她回台北的火車班次隨時都有。然而她還是藉故要走，回台灣的假期只有五天，很多雜事要處理，要陪男方家長去挑些東西，還要親自跑法院把公證時間敲出來，還要——。他只好趕緊看著她的臉，三年音訊全無就回來這一次，酷似愛貞的這張臉似乎很快又要消失了。為什麼偏要挑麥當勞這麼吱吱喳喳的地方相聚，他現在明白了，她是為了要分開，藉著人多嘴雜，車聲加上杯盤聲，可以把話說得很快，不需任何表情或感情，而且把話說盡只需三兩句，然後把原本隱藏在心裡的繼續隱藏起來。

「就這樣了。」她說，兩手一攤準備站起來。

「我應該出個面，別說以後在路上碰到自己的女婿還認不出來。」

她轉臉看看窗外，然後對著玻璃說：「出國念書的時候我答應過你，結婚一定會讓你知道，現在我已經遵守了諾言。」

「我也記得，」他垂下臉，看著自己的鞋尖。廠長任內辦完優退後再也沒有穿過這麼光鮮的鞋子了。鞋面黑得發亮，見面之前特地親手打造，第一層拭淨塵埃，第二層敷上油膏，待它自然風乾，接著拈住沾水的棉花反覆推摩。完工之後重新再來，第一層直接敷上油膏，待它自然風乾，同樣拈住沾水的棉花，像不斷地推摩許多年來生命中不斷積累的塵埃，一遍又一遍擦拭，相信總有一天終於可以把心裡的苦痛擦光。

是鞋面亮得使人恍惚嗎？他突然接不住下文，但時間那麼緊迫，她那緊挽著皮包的樣態看得出隨時會走，那麼——其實他到法院還是查得出哪一天甚至幾點幾分的公證時間，只是不能明說，以她從剛剛見面到現在一再牽制著的距離，已經擺明父女兩人今後只會更糟，她終於找到一對翅膀，他則注定要在往後的歲月單獨看著自己的毛髮慢慢掉光。

當他還在思索著如何表達語重心長的一句什麼，她真的站起來了，「那我走了。」她說。

這才發現她已長得比自己還高，也蓄了長髮，挑染的細絲映現了窗外透進來的光，他不得不跟著站了起來。

想到這一走絕對是更遠更久，真想趕緊拉住她，就像拉住許多年前她的母親一樣。但她走得極快，刻意不回頭，明明聽見他跟上來的腳步聲……。往火車站的方向，人來人往的騎樓，走了幾步之後她終於停了下來，冷冷地問道：

「你要做什麼？」

他本來要說，我開車送妳去車站。但他自己嚇了一跳，她的聲音彷似從沖蝕千萬年的深洞中迴旋出來，那麼冷冽空蕩。她猝快地停腳轉身，兩人差點撞在一起，她的臉突然逼近放大，近得看似熟稔，其實非常陌生，陌生到很像他的世界剩下的最後一堵牆。因而在那大庭廣眾的牆角陰影下，他只好隨意指指騎樓外停得滿滿的車海，晃晃手中的鑰匙，然後低著頭說：「沒做什麼，我去山上走走，去釣魚。」

計畫中並沒有上山度假的打算，何況過了週休二日，星期一很可能就是她公證結婚的喜日。但他已經發動了車子，只好開始發呆，車子走走停停，前進後退窒礙得如同多年歲月一直糾結在腦海中的生涯。車子直行，朝著她的方向，當他看見了噴水池，已經接近火車站尖塔的大鐘下，突然瞅見她站在行李庫房的尾端面對著牆，雖然只能隱約看見她的背影，但從她折起的手肘明顯可見她正摀著臉低泣，兩個肩頭不斷抽動，似乎連她的長髮也跟著顫抖了起來。

想要返回昨天中午的十二點四十分，為的便是搶救這一刻，漫長的生命中也許只有幾個重要的瞬間，何況這是最後一個了。他相信愛貞曾經也是站在深夜的許多看不見的地方吧，也是這樣摀住臉低泣著。母女兩個都有酷似的神韻，從背後看，那顫抖著的千絲萬縷彷如瀰天大霧，直到現在依然籠罩全身。

如果生命中的幾個重要瞬間都能搶救，那麼誰不願意跑回愛情中的天荒地老，他絕對願意切斷和女人偷偷賃居的那三個月，切斷那光溜溜的瞬間。永遠不敢或忘的那一幕將不再重來，女的可以把床下的衣褲穿回去，他也來得及把所有的狼狽全部帶走。那麼愛貞呢，他想，突然出現在門口的愛貞將也不會抖泣著從那之後再也不曾見過的肩頭，她不必驚惶，不必一直後退、後退、後退，後退到永遠的黑暗中。

然而最後他還是把車繞出了圓環。

為什麼自己的人生只剩釣魚這條路？黑暗中他一隻手懸空握住釣竿，另一隻手伸入夾克藏在胸口，穿過水面襲來的冷風緊緊將他抱住，不斷在一片死靜中呼嚎。

4

最後趕來的檢察官，穿過人圍走近他的腳前，「家屬呢？」朝旁邊的警察問道。

「還在聯絡，長官。已經找了很久，恐怕死者最近搬過家，身分證上面的資料還是舊的。」

檢察官朝產業道路岔口下方一塊高起的土丘指指，「找不到家屬，那站在上面哭的是誰？哭得那麼傷心。」

「那是附近一家民宿的老闆娘，」腋下夾著一捲雪白布幅的村長走了過來，「死者是她的常客，可能已經變成老朋友吧？」

「請她過來問問！」檢察官說。

阿麗啊，阿麗啊，旁邊幾個多事的齊聲喊了起來。阿麗發現突然那麼多人同時轉頭朝她瞧來，嚶泣著的聲音立即在喉頭嘎住，只剩自己聽得見殘留在內心的吶喊。她已經在土丘上等了許久，這裡是下到溪邊唯一的路口，他那婚姻幸福美滿的太太要是會來，不就早該露臉了嗎？這時她失望地走下土丘，反而在眾人的注視下爬上產業道路，準備到雜貨店買些紙錢——我想的無錯啦，伊確定是歹查某啦，若是真正美滿幸福，早就有人一路啼啼哭哭來點香燒冥紙啦，我早就知影，過去攏是騙我，騙我莊腳查某是莫？——這樣邊走邊思索，猝然又是一陣鼻酸襲來，根本聽不見後面的叫喚聲。

「這就怪了，如果不是家屬，那又受到什麼刺激？」檢察官扳回臉，朝著躺在地上的他溜了一眼，「張法醫，你好了嗎？找到什麼問題？」

一直在他身上捏捏揪揪的瘦高傢伙站了起來，看著剛剛填寫的資料說：「生前落水，外傷只有一處，但是傷口並不深，研判起來不足以致命，而且看起來不是鈍器所傷，應該是水的衝力太大，撞到石頭。」

「既然現場都找不到打鬥痕跡，陳屍處又是要涉水才到得了，這不就是自殺嗎？」

「檢察官真是英明。」

「那就好了，村長，村長，你那塊白布拿過來把他蓋上吧，太陽快出來了。還有，那個誰？張警員嗎，查出來了沒有？」

被叫喚的警察剛剛收了無線電，碎步跑過來，特地壓低了嗓門，「報告長官，還是找不到死者其他家屬，只有以前的管區打聽出一個消息，他的太太十幾年前早就跳樓死了。」

啊，那就叫救護車先把人送走吧，檢察官蹙起眉，喃喃中收閉了嘴，轉了身準備離開。這時一直躺在地上的，他的靈魂或者他的軀體，突然伸手扳住檢察官移動中的腿腳，以致對方一個踉蹌跌坐在雪白的菅芒中，人群譁然一聲叫了起來。

如果可以表達，他想說幾句話，他真的沒有自殺。當時他清醒得很，既然明白再也回不到中午的十二點四十分，也回不到多年前那些應該搶救的瞬間，最後當然還是要一個人孤孤單單走回來。那時醉意早就消了，只不過眼前還是一片漆黑，但也就在這個時候，竿尖上那紅燄的香點突然開始抖晃，連竿尖下的母線也明顯地發出繃緊扯拉後如同風颾過樹梢的聲音。他丟下一直握著的手竿，迅快抓起這支握把，拉力沉篤、游晃、來回掙扎，是一尾超級傢伙，是讓他苦守多年，一再想要突破先前紀錄的大苦花。

現在他要說的是——牠突然鑽入石岩下的深洞裡了。他慣用的一向只是零點八號的母線，如果強行拉扯必斷無疑。因此，他希望檢察官能夠理解，也多麼希望世人願意體會，那不僅是破他紀錄的苦花，也是唯一能在高山海拔、冷冽水域等等惡劣環境中存活的高山魚種。因此他決定涉水而去，幫牠打開纏亂的線結，而不願只是任牠永遠卡在石縫中掙扎。有什麼困難的結是解不開的呢？當然，事況是那麼緊急，他來不及脫下鞋襪，水溫冰冷到極度，如同導電般不斷有刺寒的冰鑽紛紛射入全身；但那真的是非常孤獨寂寞非常忍辱負重的魚種，如果還有機會表達，他多麼希望世人能夠理解……。

只是因為這樣的緣故，所以走入潭中。

評錄

王定國的〈苦花〉以山溪水潭中夜釣溺水而亡屍體的發現，展開彷如溯溪而上的情節，死者和民宿老闆娘的視點次第披解並不那麼「羅生門」的前塵往事。我們只能浩嘆因果之間在事前事後都是當事者和他人難以理解的，而纏亂的線結、卡在石縫中的掙扎就不只是非常孤獨寂寞非常忍辱負重的魚種苦花的迫切而無助的痛苦了。

《九十三年小說選》主編陳雨航

那麼熱，
那麼冷

緩開的茶花是種來等待的。

1

七戶人家圍繞的巷弄，對講機忽然咬住了午後的蟬鳴，這時候的蔡歐陽晴美正在餵貓，渾身戒備得不動絲毫。幾秒後再度響起，機器彷彿掐住了線路的脖子，雖然她知道大約又是昨夜雷電造成的短路，卻也不得不相信這是惡兆的降臨。她拍走了貓，猶豫起來，明知這是離家二十年的死老猴回來了，到底還是抵制著，只能期待他摸摸鼻子離開，繼續去走他自己的老天涯。

但蔡恭晚沒有死心，死心就不會硬著頭皮來到這裡。麥芽色的帽舌壓著眉心，斜揹的布包掛胸前，手底幾乎就是當年漏夜潛逃的簡便家當。他按了三次鈴，對講系統終於惱火了，每家每戶開始交叉齊鳴，有的對他哼著悶聲，有的問他到底找誰。找誰？不就是蔡歐陽晴美嗎？他不叫她的名字，篤定知道她在聽，只好清著喉嚨說，是—我—啦，沒想到經由一陣聽音辨位，該掛的都掛了，不該掛的也掛了。

蔡歐陽晴美憋了半小時才按下了開門鍵。幾個月後的現在她還納悶著，那等待的空檔他若不是找電線桿撒尿去了，難道一直賴在門外賭她一定會放手投降？這個新家要不是還有一道門禁替她擋路，恐怕那天早就穿門踏戶闖進來。

整棟樓房是兒子蔡紫式發跡後的大手筆，不只前後有院，連側牆都站了一排櫻花梅花，死老猴是連作夢也沒看過這等景致的，果然一進門就傻眼。多年之後的照面便就如此輕飄飄地晃眼而過，她不願直視，他也只好暫且低著臉。空氣中兩股空氣。她瞅著那只老皮箱擱到了桌底，眼看另一手的背包也要落在茶几時，立即撥出手勢，朝走道那邊的地板發落著。多年來難得防禦起來的領域感是該讓他見識的，何況不知道他來是來多久，住要住到何月何年。

蔡恭晚自認也不是省油的燈，為了驅走寄人籬下的鄉愁，他從前庭看到後院，刻意走得輕快，營造著遲來晚到總歸一家人的熟稔。那後面的石榴花噴得紅吱吱，好像呼應前院的白玫瑰一起對開著，打死也不相信這是她蔡歐陽晴美憑空得來的福氣。他看完了外圍，交著手開始緩行，望望櫃頭上的相框，看看邊几上的小檯燈，品賞之餘不忘兼顧自己的謙卑背影，走到後來發現老妻根本不在視線裡，這才對著一些陌生飾物毫不客氣地摸弄起來。

五點過後總算熱炒起來的鍋鏟聲，終於稍稍讓他暖和了半刻；卻沒想到後來看到的餐桌只剩幾許夾剩的冷盤，原來她已帶著自己的飯菜回到樓上，撇落他一個人默默吞下那天黃昏的晚餐。

客廳終於暗下來的時候，蔡恭晚提著行李往上走，一時找不到梯間照明，只好藉著不知何處的餘光慢慢爬，房門口擺著一雙拖鞋，他不清楚這是她光著腳在裡面，還是暗示他直接換上拖鞋走進房。對方既然還在氣頭上，他不敢多加臆測，只能再往三樓走，行李不落地，腳尖踮在石階上。不幸得很，來到樓梯轉角時，他仰著臉正好對上了吸頂燈下忽然推開的浴室門，她正捏著腰間的褲頭走出來，上身來不及遮掩，一副光溜溜的落葉殘枝忽然就晃盪在他眼前了。

回想當時的情景，蔡恭晚仍然不寒而慄，她咧著大嘴尖叫，偏偏嗓子好像啞掉了，聽起來很像從空中墜落的回音。後來爬上頂樓的蔡恭晚只好就著一張舊沙發躺下，兩手枕起後頸對著天花板，想著自己挨罵也是理所當然，只是那場面也不至於讓她那般震怒吧，那一對老奶早就掛了，不就是兩朵向日葵的末日嗎？

倒有個揮不走的陰影一直跳動在他眼底，他想起了客廳櫃上的那些大小相片，除了幾張個人照，全家合影最多也就四個人：蔡歐陽晴美，蔡紫式，蔡莫，還有就是媳婦蔡瑟芬。連嫁過來的外人也姓蔡，也在他們三代單傳的蔡家占著一席，獨獨漏掉他這如假包換的一家之主。相片裡的每張臉冷冷地對他笑著，沒有人招手，容他借位的空隙也都塞滿了，一切都來不及了，難怪一回來就是這般冷清的對待。半夜三點還是難以入眠，早知道要在這個屋簷下安插今後的餘生，他根本不會來按這個鬼電鈴。

•

他發覺自己被耍了。迎接他回來的禮數原本是這樣安排的：蔡紫式到火車站接他，媳婦負責張羅團圓的晚餐，連阿孫蔡莫也要找人代班趕過來。協商過程充滿令人起疑的孝心，電話邀了一通又一通，聽到最後反讓他擔憂這份誠意別又縮了回去。那麼，既要答應下來，那就要把事況弄清楚。

啊你老母肯否？

哪有問題，講實在啦，伊聽到你欲返來，歡喜到嘴笑目笑哩。

多年不見的兒子變得如此奸巧，只好認了。當然，回來住了半年，老夫老妻總算磨出了相應之道，不再是剛開始的怒目仇眉。他睡二樓，也就是門口原來擺著拖鞋的那間房。她住三樓，旁邊另一間則是她的阿彌陀佛，整層都是她的世界，大清早就開始誦經，激切的魔音穿過陽台落在前院花叢裡，連花瓣露珠都會一起晃顫。八點早餐，現榨蔬果全由蔡恭晚調理，一人一杯量，全麥土司自取，兩張嘴各嚼各的寂寞，節奏或有快慢，唯一整齊是同樣無聲無息。

一天的開始，也像一天的結束。蔡恭晚曾經試著一樣早起，貼著她跪到拜墊上，雖然聽不懂聲聲入耳的佛經，卻也知道懺悔有多重要，沒想到兩個膝頭剛落，她已提早拜了三拜，強撐著也要逃命似地爬離開。那天清晨便他獨自一個面對著菩薩，原本是來旁聽的，突然變成了主訴者，兩手合在空中頓了又頓，不知該說什麼，一個字也說不出來。

想起離家那晚雖然走得倉促，兩夫妻還是緊挨著身影的，她幫他提包，另一隻手扣在他袖口，拉不緊，放不開，就像一幕離散的悲劇映在不敢開燈的小客廳。哪裡知道多年以後全都變了樣，回來是回來了，每天活在默劇裡。

風聲若過去，你就愛趕緊轉來，我會驚⋯⋯。

驚啥啦，不過是去外口走走而已，妳當作我欲去環遊世界麼？

後來他才聽說，隔天一早幾個黑索索的大漢已經堵在店門口，丟雞蛋又潑尿汁，從磚牆流下來的紅漆注滿一灘又一灘，要不是半夜逃得快，不在醫院也在牢房裡。

光從這件事，總算悟到人生果然無常，黃昏前他還到處閒晃著，一頓飯後忽然就是匆忙打包的下場。一切都因為錢。文具店的生意連年慘淡，賣起六合彩的明牌後才開始有點現金周轉，嘗到了甜頭再加上眾人慫恿，終於自然而然當起了組頭。

這天恰是颱風離境的下午，風還吹著，大街小巷卻靜得出奇，原來聽說一道天機突然在這小鎮降臨了，手腳快的男女老幼早就聚集到西郊一條泥流沖刷的河床。晚到的蔡恭晚，腳踏車爬上橋頭時，河岸兩邊已經無路可行，他姑且看著別人的笑話般趴在護欄上，嘴裡叼著菸，聽著簇擁在石灘上搜尋浮字的人陣中不時爆來的驚呼聲。

然而就在這一瞬間，在這居高臨下的視野裡，蔡恭晚猝然看見了神的筆跡。

從他所在的高處俯瞰，他看見的是一片無人聞問的平瀨正在發光，而那是個非常清晰的密碼，由一堆大小石頭疊繞成形。也就是說，神剛剛來過了，祂在原本空無一人的河邊等了很久，後來人越來越多，祂只好來到灘尾留下了最後的暗示，等著從小鬱鬱寡歡的五十歲蔡恭晚此刻緩緩到來。他擠不進通往橋下的小徑，乾脆縱身竄進右邊的芒草浪裡，手忙腳亂地劈出曲折的路縫，一直到踏上了無人的石灘，已經是另一處完全逆向的河床。

河床上，一台挖土機正在轟隆轟隆進行著清汙工程。沒有更好的主意了，他當下是靈機應變地勇猛，馬上把那戴帽子的駕駛叫下來商量，掏出了身上所有的餘錢，沒幾下便攀上了那隻怪手，一待引擎發動，彷如搭著一部孤單的摩天輪緩緩升空。

於是他終於又看見那個神奇密碼了，在與橋頭不同角度的幽微之處，神的心意還是那麼堅持，不管河灘上那些蠢蛋有多赤誠，祂彷彿只為他一人顯靈，那個數字不容懷疑，是那般諄諄教誨的開示，再不領悟就永遠別想翻身了。

那時的天空還忽然飄起了感人的細雨。蔡恭晚回到店裡，搖醒了瞌睡中的蔡歐陽晴美，除了把看到的數字全部封牌以防外人下單，覺得不夠，開始打電話找同業調牌加碼；覺得還可以賺得更多，乾脆吃下了賭客們的一堆冷門簽注，在上游大組頭規定封簽的最後一刻，終於送出他蔡恭晚潦倒了半輩子以來終該時來運轉的暴富簽單。

二十年後他還記得河灘上的那個數字。石頭、泥巴加上無邊法力，形成兩個圈圈相互交纏著，那是一個倒臥的∞，多像一雙乖巧的大眼睛，多麼深情款款對他凝視著。

明明就是神的筆跡，怎麼知道後來變成了鬼的黑影。

·

她看過這個主持人，本人比螢幕上年輕漂亮，介紹完蔡家的屋內環境後，開始朝她招著手：阿嬤阿嬤，換妳來講幾句話乎觀眾聽。她在櫥櫃後面擋著手，攝影機卻已轉過來，而蔡恭晚早在預定角落等待著她的合影。她不想站到他旁邊，推託了很久，錄影數度喊停，一旁監督的兒子急得不斷跺著腳。

後來電視播出時，她才發現蔡恭晚的頭頂幾乎禿光了，特地染黑的髮毛只像幾根枯絲垂在頸後，平常她看都不看的這副狼狽相總算逼現到眼前。節目叫做「小鎮巡禮」，介紹完廟宇夜市和地方土產，後半段便是企業楷模蔡紫式的成長歷程。兩老的衣服怎麼穿，問話要怎麼答，都聽阿紫的意見，從三個月前就開始演練的父慈母慧的畫面裡，阿紫穿梭全場緊盯著所有細節，黑西裝紅領帶，兩顆藍色袖釦閃亮發光，渾身歡欣得像隻喜鵲飛過去又飛過來。

但她看得出瑟芬是憂愁的，端出一盤水果就躲進廚房，伉儷情深的情節完全沒辦法上演。媳婦雖然只是別人的女兒，她還是心疼這個女人遲早會像她。兒子都把真相講反了，他們夫妻感情誰知道，聽說沒有一天是半夜之前回家的，每次喝到爛醉進不了家門，才被人攙來這裡過夜。一家和樂全都是假，只有一樣是真的，把這死老猴騙回來，就是為了演出這天的三代同堂。

最可憐當然就是乖孫阿莫了，被他爸爸押在現場，眼神像一條死魚那樣黯淡。她當然知道阿莫為什麼變成這樣，好端端交往的女朋友突然跑掉了，完全都是死老猴招來的禍端。不然，那叫小咪的女孩很漂亮啊，也不怕生，第一次上門就挨著她瘦疼的肩膀又捏又按，嘴巴甜得討人喜歡。

只是在她瞇著眼的陶醉裡，她忽然想起這女孩越來越像一個人。她在腦海裡一個個追認，從每戶鄰居到市場攤販，到街上的各家小店頭，還在思索著，死老猴剛巧拎著葉菜回來，兩列大小火車終於就在客廳撞上了。死老猴兩眼滾燙燙，那個女孩也嚇得說不出話，老小一起愣在原地對看著，難得歡樂起來的氣氛忽然急凍下來。

後來還是靠她自己解出了答案，她終於想起那個站在環保車上的女人了。

那時的蔡歐陽晴美每兩天丟一次垃圾，車子來到巷口都在入夜七點鐘。她的袋子一向最小，就像她停經後的胃口，她總是靜靜躲在騎樓下，等到別家扔完才出來。盛夏這天，霞色是依稀的半明半暗，她卻終於瞧見了失蹤多年的蔡恭晚，他正跨在環保車上，單手控著輸送鈕，單手接收女助手拋來的分類袋，直到各家各戶丟完了垃圾，車邊終於安靜下來，蔡恭晚轉身捏捏那個小屁股，這才跳下來準備回到前座開車。

這時他突然朝著騎樓喊：喂，阿妳的袋仔咧，妳是欲等最後一班喔？

她把袋子抓得緊緊，感覺自己好像被掠奪了，往後閃到樓柱另一頭，反讓腳後跟拐倒下來，藏不住的身軀終於晾出原形。這時的蔡恭晚顯然愣住了，便再也沒有出聲，反而緊急發動了車子。當她從地上爬起，聽見那首〈少女的祈禱〉在加速中已經變成急行快板，只剩一半的車尾竄入支線逃逸後，那越來越遠的祈禱最後終於飄上了夜空。

自此以後她不再出門，大包小包的垃圾貼牆而立，空氣中一股酸味塞滿眼睛；然而還有一種東西是她最害怕的，也許來自窗縫，來自聲音光線甚至也來自天花板，種種毀滅性的毒物一點一滴滲出了讓她恐慌起來的氣息。她貼上無數封條，堵住魔鬼的空隙。她關閉所有光源，不洩漏任何聲音，時時防堵著誰要來陷害她。但她自認一切如常，每天還是平靜等待，蔡恭晚會在半夜回來敲門，這個希望沒有破滅。她曾經拒絕兒媳同住，為的也是不願相信身邊永遠少掉一個人，她寧願繼續等，唯有這樣的寂寞才能永遠記得那天晚上的離別。

媳婦過來為她清理垃圾山的時候，她已經躺在醫院進行著精神官能的療程，嘴裡不斷叫喊著蔡恭晚在她生命中留下的零碎記憶。妳遇到過最快樂的事嗎？蔡恭晚。妳在害怕什麼？蔡恭晚。出院後誰來接妳回家？蔡恭晚。那麼妳最不想看到的人是誰？蔡恭晚。那段日子，蔡恭晚彷彿占用她的腦海也擺布她的唇語，她緊抓著媳婦帶來的佛珠，每一句念得像咒語，每一顆緊緊捏壓捻滾，指腹隆起破滅，血水絲絲滲出。她一度陷入迷亂，強烈的孤單像一幕黑夜在無邊無際的腦海慢慢翻白。

她生命中沒有其他男人的記憶，剛滿二十歲相親結婚，三天後識破了他是國校職員的謊言，但她沒有任何哭訴，依然心甘情願隨他四處奔波打零工，為的只是緊緊抱住那剩下來的，每天貼在摩托車後座上的一點點幸福感。

她原本相信等待就有希望，即便曾經夢見他遭人暗算，醒來也不驚慌，一切生死都不算，除非蔡恭晚親口告訴她。她沒想到被暗算的原來是她自己，甚至當她從〈少女的祈禱〉聲中連滾帶爬回到自家門口時，還以為剛剛的幻覺未免太過荒唐。

她很少回顧自己。她的一生簡單漫長，搭錯一部快車，抵達終點才看見陌生站牌，好不容易下了車，慢慢走，才走到現在的黃昏。現在她已經不再那麼憂愁了，阿莫帶來女朋友的那天便是那般從容度過的，她不動聲色，再也沒有任何哀傷。

•

阿紫身上有股特殊氣味，不全然來自香水，而是男人發跡之後一種雄糾糾的蠱惑，隨時蟄伏在他眼底和毛細孔裡。蔡恭晚相信這種魅力只有勝利者身上才有，是一種侵略過後自然散發出來的魔幻味道，誰也奈何不了。阿紫是上天栽培的孩子，出生時沒有心跳，捧在手底就像一根紫茄，當時若不是他這老爸緊急搓捏一把，輪不到這小子今天還那麼趾高氣揚。

十天半個月阿紫偶爾過來一下，有時躺在樹蔭下的車子裡休息，只讓司機捧著罐頭水果進來哈啦幾句，心血來潮時才親自登門進屋，拉開了領帶，身上那股氣息便像窗外的穢氣一起飄了進來。

有欠啥莫？哪有欠啥就愛講，我隨時叫阿芬款一批過來。

兩老都會各自搖頭，搖頭的節奏並不齊整，心裡想的也不相同。

蔡歐陽晴美平常簡樸慣了，自然什麼都不缺，但除了搖頭之外，總有一股憂心說不出來。阿紫有時會來個西式擁抱，熱情地拍拍她的後背，胸口卻是空心的，不像瑟芬雖然只把她的手拿去放進自己手裡，傳達給她的溫度卻是剛剛好的貼心。她靜靜看著阿紫，心裡的罣礙無人知曉，她會在他離去時快步上樓走進房間，從狹長的側窗盯住外面行道樹下的車子，那駕駛座旁的位子通常都是不同面貌的女人，從來沒有一次是瑟芬坐在那裡。

但她發現死老猴對著阿紫搖頭時，那種神情是慌張的，表面上雖也傳達著不缺任何物料的意思，卻帶有一種害怕對方追究的惶恐。惶恐什麼，可能就是長住不走的客人那種隱約的歉意和不安吧。他們的父子關係是空白的，好像就為了電視錄影才開始交往，全家福的情節播出後，人趕不走了，擺在眼前便就剩下一種強迫歸宗的親屬感。

蔡恭晚的觀察就沒有那麼細微，除了好奇阿紫身上的氣味，他每天期盼的還是和老妻同桌共飯的溫暖時光，吃飯雖是例行公事，兩個人一起默默吃到碗底總也會吃出一點感情來吧。沒想她每次總是為了離席而吃得急快，脊椎挺著食道向上蠕動，兩眼直視前方，含在嘴裡的食渣鼓滿兩邊腮幫，活像死刑犯的最後一餐。他則懷著小媳婦般的隱情，咬不碎她提早關火的菜肉，知道她總是留下一手，故意讓他就著孤單的臼齒在空曠的牙床上慢慢搓磨著。但他沒有怨尤，吃得很是開心，咬不爛的偷偷塞進桶子裡，半年來瘦了六點五公斤。

這樣的日子還是要熬下去的。想了很多辦法，每天早晨幫她剪花，前門後院掃得一塵不染，還爬上採光罩擦淨了酸雨的汙跡，或者為了搜尋話題也開始剪報，有時貼上一則八卦新聞也刻意笑得人仰馬翻，沒料到旁邊的老查某偏偏鎮定得很，眼裡沒有任何人，沒有空氣也能活下去的那種傲慢都使了出來。

這樣，七個月後的一個陰日下午，他為了尋找阿紫身上的那股氣味，終於鼓起勇氣走進了西藥房。那夜九點，他把自己洗得通透乾淨，然後在兩杯老酒的慫恿下，果敢吞下了神奇藥丸，深呼吸八次，心裡數到一百，彷彿發動了即將從容赴死的轟炸機。

但她的房門緊鎖，門下燈焰微弱，小聲而清晰的螢幕對白穿入耳膜。

他敲了門，很輕的指尖探路，希望聽到的是她把電視關了。

不久他又試了一下，指關節釘在門板上，可惜那些雜音一直沒有消失。

後來他才正式敲著，抵達重聽者的程度，裡面果然靜悄下來，卻也包括她自己的聲音。

他夾緊了雙腿，但願只是潛意識作祟，藥神的魔力應該還沒來到肚臍邊。

他急躁地喂了一聲，裡面反而更加死靜了。為了驅走難免羞怒起來的情緒，他突然想起一種逗她開心的老方法，開始像個圍牆外的頑童那樣尖細地叫著蔡歐陽晴美、蔡歐陽晴美，幾近兩手圈在嘴上不敢張揚的那種鳥調子。

房間裡的她戒備著，她認為自己沒有回應是正確的，因為她已經不是過去的蔡歐陽晴美了。為了替他保住婚後堅持的傳統，她還願意冠著他的姓，畢竟在她生命中也只有這個傷害最小。可是，一個人的幸福明明那麼短暫，名字念起來何苦要比別人的長，她只好去申請改名，去掉了最後一個字，在發現他背叛的那年生日當天，正式實現了她蔡歐陽晴最後的斷尾求生。

•

兩顆催情藥丸加上酒精助跑，給蔡恭晚帶來的是難眠的夜晚，他進出廁所無數次，貼著洗臉台發呆，腫熱的下體像隻小鱷魚瀕死的抖竄。他對著化妝鏡，嘗到了整張臉垮下來的悲酸，想到自己走到了這一步，應該就是人生的末路窮途了。

然而讓他震驚的是，他發覺自己並不會死。這太殘酷了，他的一切檢查正常，肺活量驚人，心血管宛如處子，質量指數是漂亮的中間值。接著他又從一篇醫學報告得到了他無法死亡的精密推論：如果他體內的細胞產生變異，也要長時間的累積才能稱作癌初期細胞；好吧，就算癌初期細胞吧，那又要很久才算進入癌前細胞的階段；然後呢，細胞又再產生變異嗎？那時頂多才叫做癌細胞罷了。而光是這樣的過程，大約也要十年的漫長時光。

問題出在這裡，他的免疫力強悍，時間根本無法從他身上任何一個漏洞開始起算。

蔡恭晚便開始改變了。

蔡歐陽晴美慢慢發現每天午後的院子有人扔了菸屁股，那整排植成短籬的茉莉花叢下總有一窪半灘的檳榔汁偷偷啐在那裡。當她發現原來都是他的傑作時，才知道他連那張嘴臉也變了樣，整天掛著嘻嘻傻笑，是那種不正經加上漫不經心的死樣子。

她在固定時日到院領藥時，他不再默默等在一旁，而是到處逛街一樣去了又來，來了又走，忽然找個陌生病患寒暄，忽然趴在服務台捲起袖子，歪著下巴擱在手上，然後癡癡聽著量血壓的小女生滿口阿公阿伯的貼心叮嚀。

她極避免也非常討厭的買菜的日子，他堅持幫她提籃而搶著出門，一路像個粗枝大葉的老闆謀跟在屁股後面。活著是那麼辛苦，房子是阿紫買的，菜錢是阿紫給的，如今連唯一可以慢慢走路的尊嚴也被死老猴攔截了。一路上是越想越不甘心的，想她還是少女的當時，從未和一個男人並肩走過路，沒想一掉進那個婚姻就來到這般殘酷的晚年——如今她只能悻悻走在前面，讓後面鬆鬆垮垮的老屁股時時提醒著她：活著，是那麼的羞恥啊。

終於來到了滿八個月的這天晚上。兩老總算第一次直視著對方，一起獃在話機旁。電話是媳婦打來的，蔡歐陽晴美只顧慌張啜泣著，還是蔡恭晚手腳俐落些，他跨過沙發搶了聽筒大喊：出事，出啥事，妳說阿莫是出啥事……。

斷線後的電話再也沒有聲音了。蔡歐陽晴美打不通媳婦的手機，急得直繞圈子嗚嗚哭著，雖不明白阿莫出了什麼事，想也知道死老猴帶回來的災厄至今還沒平息。她爬上神明廳匆匆跪拜一陣後，舉著一炷香出到陽台，卻發現蔡恭晚一個人蹲在簷外猛吸著菸，那扭曲的背影顯然是傾斜的，還不停搖晃著，是腦中風才有的樣態嗎？上半身的重量彷彿放在胳臂上依偎著，然後突然非常嬌羞地，慢慢抖動了起來。

2

蔡紫式不抽隔夜的菸。父親曾經遞來一支，被他拒絕了，那個菸盒塞在褲袋裡不知幾天了，還真像個七旬老人皺巴巴的臉形。他心裡還有個拒絕的理由，他和父親沒有話說，而兩個男人沉默地吸著菸是很奇怪的。

除了不抽隔夜的菸，他也不喜歡隔夜的女人，他會在半夜讓她走，或者兩個人一起離開。半夜兩點三十分是他的界線，那時的房間已經飄起狂騷的野腥，床褥凌亂的抓痕也只剩下幾許偷歡的體溫，而天將微亮的虛無感正在開始逼近，這時再不走就要慢慢聞到隔夜的霉味了。

倒有一群裸女在他家裡過著一夜又一夜。那是一幅幅名家畫作，掛滿了他個人專屬的天地，臨窗的狹長房間鋪著榻榻米，從門後開始降下的一條壕溝延伸到盡頭，方便品酒宴客時讓一雙雙長短腿整齊地擱在桌底下，像兩排彼此對坐的招安戰俘，乖乖聽他講述著每幅畫或者每個裸女的精采由來。

最初他看上的是一汪水塘裡側臥在荷葉上的女人，眼睛朝他望，乳房對著他，微曲的雙腿輕輕夾著下體，一瞬間便將他拉進了深淵。蔡紫式在她面前站了很久，那是商業講座中途的尿尿時間，他被隔壁展覽室的一雙手請了進去，馬上就被她吸引。他對畫產生興趣大約就是從這裡開始，最基本概念是除了繪畫，一個女人或一條狗根本無法躺在荷葉上。此外，他在散場後回到展覽室時，她還在那裡朝他睨著呢，一樣的角度，一樣的幽幽情意，這神來之筆似乎把他生命中的黑暗角落瞬間照亮。

裸女的收藏溢出了牆面之後，蔡紫式便讓她們來到了餐室、客廳和走道兩旁。蔡瑟芬每天起床看到的便是這些夢幻，所有衣縷褪盡的女子彷彿一個個等著她醒來。阿紫媽媽只來住過一晚，一大早覺得反胃就回去了。倒是阿紫的爸從沒來過，她嫁入蔡家就沒有看過他，每次去探望獨居的婆婆，都覺得那裡的屋前屋後貫穿著寂涼的風，老人家扳著扶手爬樓，不久又摸著牆緣一階階慢慢踩下來，漫無目的，漫長時間迴旋著升降空間。蔡瑟芬經常看見的自己，就像在那空間裡飄浮著的影子，像樓梯牆面一片片斑駁的移動的日光。

幸好她也有自己的閣樓，房間刻意弄小，讓出了敞亮的插花教室，朝東處縮進一塊沒有頂蓋的露台，植著她隨時可以取材自用的四季草花。一週兩天，或者不上課的清晨夜晚，她喜歡一個人的自在，享受自己的思緒像雨後移動的山嵐，偶爾露台上剛開了半朵新苞，她便隨著心情插出一盆簡單的文人花。

蔡紫式找不到她的時候才會上樓。他不習慣這裡的靜悄無聲，也想不通一個女人為什麼可以坐著不動，為什麼不去逛街購物打發自己的時間。

但他雖然上來了，卻也沒有什麼正經事要說。

這是什麼？他會俯身去嗅嗅瓶子裡的水。

當然是花。她只要應個聲就夠了，知道他其實也不喜歡隔夜的花。

什麼花？

季節花。

什麼季節了還開這種花？他嘴裡念著，並不等她回答。

這時便又聽到那種沒有尾音的氣息了，急促，乾渴，說完就是動作的開始，已經轉身來到她後面，猛力攬住她的腰身，單手勾進裙內，一番摸索便就扣住了底褲，然後往下拉扯，沿著大腿、膝蓋和腳趾，直至褪落地上。

他不太需要把她的上衣全部剝光，向來都是趁隙探入雙乳間搓揉，下至肚臍，然後在微細的妊娠紋附近迅速撤退。但另一隻手並不罷休，它替他撩高裙襬，攏準了他要的位置，讓他終於可以徹底深入，且戰且走地進行倉皇的洩洪。什麼花？季節花。她的預感十分準確，他不會無緣無故走上樓，只要他毫無預警地出現，只要她的預感還具備著那般準確的悲哀，她就能憑著簡短的對話來確認這一刻的到來。

強暴很快就結束了。她不願在自己的丈夫身上想到這個詞，但在客廳，在梳妝台上，在廚房的爐火旁，她面對這種粗魯對待已不知幾次。以前共用的睡房窗明几淨，地上鋪著絨毯，連隱藏在線板裡的側光都散發著幽微浪漫，但她慢慢發現她不屬於那裡，那裡只是蔡紫式用來熟睡的地方。他不喜歡床邊有別人的呼吸，他似乎寧願每個女人都在畫裡，就像她一樣，她也是一幅畫，一個道具，隨手可用，但不應該在半夜兩點三十分之後還躺在他身邊。

•

她的腿身修長而潮濕，弦月般的臀彎還滴著水，被掩在浴室門縫的蔡紫式拍成了光影下的裸身，裱掛在房間裡度過了一段賞味期。照片沒有她的臉，只有乳房的側尖、驚嚇的背影以及從腰間滑向大腿的曲線，顯然他要的只是藉由模糊水氣變幻出的夢一樣的肌體。

那張照片後來連同相機器材一起丟進了倉庫，屬於新手蔡紫式的攝影狂熱很快畫下短短三個月的句點。接著他便去攀登玉山了，行前上了兩堂課，有關高山動植物生態的解說隻字未寫，厚厚的筆記本只有扉頁上短短五個字：玉山我來了。那時的玉山熱是一門成功學，鎮上夥同蔡紫式前去的還有三個建築公會成員，大都不是為了登山，而是害怕掉在人後引發眾人的奚落。

蔡紫式回來後卻告訴她，在排雲山莊等待攻頂的夜裡，他看到了一頭黑熊。

有這麼大，他畫出的誇張手勢超出了自己的體型。他說睡不著的半夜兩點，四個人哆嗦在坡坎下抽著菸，後來當他朝著山谷尿尿時，忽然就發現牠了，矮林下的那頭巨物正在對他眨著星星般的眼睛。他來不及扣上拉鍊，但也沒有任何聲張，而是悄悄丟下那三個吞雲吐霧的傢伙，一個人獨自回到通鋪上，然後放心安靜地躺了下來。

最早發現危機的人通常都可以倖存，他說。

蔡瑟芬聽不懂他的表達，直到同業們的名號被他寫在紙上，開始一個個評頭論足的時候，她才知道那頭黑熊只是一個引題，但結論相同，他寧願他們都被熊吃掉了。

妳看這個姓朱的，財大氣粗，可惜已經得了胰臟癌。

這個老許還酒駕上報咧，家族企業裡沒有一個爭氣的，未來根本不是對手。

還有，妳看這裡……，蔡紫式在第三個人名下畫出了族譜，指著一條條橫直線的尾端說：看到沒有，下面全都空白了，嘿嘿，這傢伙沒有後代。

也就是說，就算他們被熊吃掉了也不冤枉啊，他說完連灌威士忌兩杯，眼睛瀰漫紅玫瑰的濡色，看她還托住下巴納悶在那張紙上，便開始談起了阿莫的未來，他希望有一天當他終於成為鎮上的首富，那時阿莫的接班之路正好可以開始啟程。

妳去把他叫出來，我有話跟他說。

要做什麼，他已經睡覺了。

睡覺，睡什麼覺？外面的敵人都還沒有陣亡咧。

他斥了一聲，酒繼續喝，透露著他已選定了一家五星級飯店，下個月就要安排阿莫去當門僮。我的企業體不能沒有一家像樣的大飯店，他說，等將來我們飯店開幕，那時候外界才會恍然大悟，原來門僮出身的總經理就是我的布局。

酒喝多了，迷濛的雙眼望著她，那頭黑熊引爆的靈感讓他持續亢奮著，否則他們夫妻很少這樣對坐在深夜的客廳。但她知道今夜沒事，她沒有任何預感，面對面的時刻他不會這樣直來。他只喜歡暗中突襲，享受出其不意引來的驚慌，然後在粉碎的求饒聲中讓他自己越來越勇敢。倘若此刻她想印證，身上的薄睡衣隨時可以輕鬆扯下，但他會認為這種挑逗非常無聊，他會在忽然警覺起來的氛圍中戒備出一張憂愁的臉。

甚至扳直了上身說：這麼輕浮的舉動妳也做得出來。

她永遠不會忘記自己身上只是一塊肉體的事實。結婚當夜，全然沒有想像中的纏綿，他的動作疾快，像一陣風來雨去，後來他起身套上衣服時，才忽然像個吃完饗宴的來賓品評著美味佳餚，貼著臉在她耳邊悄聲說：妳的器官很美。

那樣的讚美她不太能懂，她還躺在恍惚中，只記得像一頭獸物的丈夫剛剛還嗅過她的手腳和腋下，在確認沒有任何異味之後才捲起舌頭開動了他的舔吮。她以為結婚就是這樣，沒想過還要那麼多年以後，才體會出那樣的讚美是那麼詭異，是再詭異不過的了。

但這就是他，話不多，想要擊中要害才開口，這副德性依然還像以前的老樣子。二十多年前和他初見，是蔡紫式工作坊六個字首先映入眼簾，歪斜而破損的小招牌貼在舊巷裡，門一推開就看到了後面的牆，四張沒人的桌椅空擺著樣式，一個男的抬頭和她對看了一眼，然後他說，蔡紫式就是他。

他丟給她一組標題、一堆作廢的文案小字，要她二十分鐘內拼出一張海報的雛形，說完便又回到牆下，兩隻大腿疊在電話旁，然後繼續抽他的菸。她在窄小的桌面兩手夾緊，一邊擠著黏膠，一邊裁起美工刀，已經不像個還算高傲的美術系高材生。她只有素描擅長，但她很想提早把這張海報弄好，一方面是雙親驟逝後的家用已經短絀，一方面她急需著一種昏天暗地的忙碌來埋葬掉自己的情傷。

蔡紫式抽完了兩根菸，比那二十分鐘還慢一截的蔡瑟芬小妹妹總算遞出了她的處女作。她依然記得那個標題還是個問句呢，你快樂嗎？可惜那個作品是不快樂的，上面亮著未乾的膠水，中段的文字也因為慌亂而貼歪了。蔡紫式大約探視了三秒，臉上毫無任何牽掛，丟下稿子後很快回到自己座位上，然後擠出了一種忽然憂愁起來的聲音說：其實妳也可以來幫我接接電話，我大部分時間都在外面跑，有些業主打不進來就跑掉了。

蔡紫式每天騎一部老野狼，堵塞的引擎總要在巷口噴嗆幾聲才能出發，回來時經常帶著滿臉挫敗，老套的應景西裝不斷散發出難聞的汗酸。他四處承接別家不做的小型房產廣告，自己寫文案，美工外包處理，進門出門隨手夾著幾張被打回票的修正稿。

那時的設計還很老派，標題講求手寫粗黑字，文案送到外面打字洗出相紙，加以剪貼編排後，再覆上一層描圖紙來標出色號，才算完成當時俗稱的黑稿。她翻了兩個月的經典案例，暗自惡補模擬，從一個小ㄚ頭練習生慢慢摸出竅門，便開始把外包的設計案攬在自己身上，然後依循著自己的心情，盡在每張紙版的裁切線內拚命加框，大框加小框，小框內再加更細的針筆框，非要擠不進任何一絲縫隙，彷彿唯有這樣，才能把掉在感情深淵裡的自己封藏起來。

她窩在巷子裡整整三年。蔡紫式尚未發跡之前，那裡就是他和她，沒想像過公司遠景，也沒聽說過員工享有什麼聚餐旅遊，他甚至沒注意到她是女性，沒有任何一樁生活小事成為他們悄悄的話題。她每天開鐵門上班，有時終日只她一人，除了趕稿，她也負責留紙條，把誰等他回電、誰要求進度全部記下，在那還沒有靈便手機的年代，她把紙條貼在他的玻璃桌上，然後關鐵門下班。

直到一個加班趕稿後的深夜。她的摩托車飛往製版廠，停在紅燈路口才發現稿面上的描圖紙已經被風吹開，密密麻麻的文字段落忽然亮著幾行空白，她急得回頭亂找，拚命拍打摩托車上任何可疑縫隙，最後只有抱著公共電話無助地嚎哭起來。

預備在清晨開印的機器，眼看就要因為沒有版樣而停擺，而那又是耶誕節前金額最大的委託案。回想起來，那天深夜唯獨蔡紫式才有的超凡冷靜還是讓她驚心，他只在電話那頭冷冷問道，妳哭完了嗎？然後他去找出自己的原稿，要她念出掉字的地方，這時反而讓她哭得更加傷心，那已經丟掉的字句不就像她的過去一樣空白嗎？

蔡紫式沒有想像中的憤怒，他叫醒了凌晨時刻的照相打字行，只差還沒把掉字內容交給對方。當那熟悉的引擎聲從遠而近時，她像攔車那樣跑到了昏暗的路肩，孤伶伶地抱著黑稿瑟縮著，彷彿等待著一隻援手來接走她的一生。

隔年春天的蔡紫式忽然成為她的新郎。也許因為當時哭得太過厲害，才得到了他的同情吧，她想。結婚的餐宴在一家三桌客滿的海產店舉行，點燃的鞭炮躲在雨中的簷板下結巴著，阿紫媽媽喪著臉坐在一個空位旁，想不通自己的丈夫才剛逃亡半個多月，為什麼唯一的兒子又是這樣草率魯莽。

她也無法理解這個忽然變成丈夫的男人。只知道他的背影其實是孤寂的，從未看過他的喜悅或悲傷，彷彿一直躲在不為人知的世界裡悄悄臥底，隱藏著真實面貌，每天為著等不到脫險的指令而深陷苦惱。

倘若這世界沒有蔡紫式，也許她會過得更慘吧，她這麼安慰自己，不快樂並不會痛苦，在這方面她比蔡紫式好多了。痛苦的蔡紫式只有表面是快樂的，追求敵人殲滅後的滿足，享受四處掌聲帶來的狂醉，卻無法忍受一個女人永遠躺在他身邊。

是誰讓她的丈夫變成這樣？她不知道，只知道有人藏在他的生命中。

生日剛到的凌晨，酒廂的氣氛開始酣暢，嬉鬧的小手會在他的嘴唇塗上白色粉泡，然後妹妹們輪流跨上他的大腿，一個個掀開自己的胸衣，讓他白色的唇印緊緊貼在乳暈四周，像個失恃的孩子接受款待那般。聖誕夜，她們還逗他戴起紅色絨帽，給他貼上了白鬍鬚黑眼罩，身上任何一處隨他摸索，要是猜不出名字就罰他給出大紅包。

妹妹們喜歡每年這兩天，只有這樣的節日蔡董不會抗拒，除了跟他撒嬌時趁機討些老帳，還有餘興節目要輪番抽出兩名幸運女生跟他一起出場上床。

蔡紫式沒有所謂喜歡或不喜歡，床上他微瞇著眼睛任她們擺布時，肉體享受著沒有風險的挑逗，腦海裡的寧靜感也沒有人有辦法偷走。妹妹們一旦騷野起來，他越能靜靜地想起一個人，感覺那個人彷彿也在空中對他凝視著，而那張姣美的面容帶著憂傷。也是因為能夠這樣，他不太挑剔買單出場的女孩樣貌，只要肉體的曲線妖嬈，柔軟度適合在潔白的床單上滾翻，他幾乎就能在慢慢升起的放浪中聽見腦海裡的她的哀愁，並且嗔怒著對他說：為什麼，為什麼你要這樣啊？

他也不避諱她們梳著指尖來到肚臍邊的一橫傷疤上。縫得真好看，哥哥你性病喲，割錯地方了喔。有的還緊緊吸著它，刻意留下凝滯的血印，使得這道傷疤看起來更像兩片不快樂的嘴唇抿閉著。他記得還有個滑溜溜的原住民女孩，為了證實自己也有從檳榔樹摔下來的舊創，性感地撩起身上唯一遮掩的長髮，拚命翻找著頸下稀疏的寒毛。

他用的是一把雕刻刀。從左腹戳下，沒有想像中的劇痛，進去的瞬間才發現刀鋒過短，既不想拔出再下一城，只好打橫了握柄，彷如母親的針線從衣背穿出，硬是由裡往外捅出了另一道肉坑，而那把雕刻刀後來便隨著他的昏厥，像支寂寞的串燒橫在兩道傷口中間。

他父親在黃昏出發，五個小時後摩托車才抵達深夜的台北，帶來的土雞被留置在醫院後方的雨棚下啼了一整夜。他從恢復室醒來時，雖然父親突然咯出了難免哀傷的鼻音，但他還是覺得耳裡聽見的第一聲呼喚，應該就是那隻土雞把他催醒的訊息。

兩個傷口確實怪異，相距不過五指寬，不像一個仇敵所為，也難以理解是兩個凶手選在同處各下一手，至於一般的尋短之路也不挑這種折騰兩次的死法。他拒絕回答急診醫師的詰問，警察來了又走，晚到的父親當然也就一無所知。只有他知道自己其實拿錯了刀，如果水果刀隨手可用，切入的縱深就可讓他不必醒來，也不用承受粗糙的鈍面帶來的莫名創痛。然而在那無言的當下，一個人倘若還能細膩到選好舒服的臥姿倒下，那麼，他應該還有一些想法來度過各種困境吧。

他的困境來自一尾秋刀魚。瘦長的銀灰色秋刀魚，躺在那個午後的鐵絲網上慢慢噗哧著，他一邊顧著炭火的強弱，也時時望著她在那群姊姊妹妹之間打水嬉戲的身影。幾個他不認識的男性聚在溪邊的岩下抽菸喝啤酒，高談股市財經和他們從事的專業訊息。他沒有興趣加入，退伍以來還沒找到工作，只能窩在一個雕刻老師傅那裡重拾以前的技藝，要不是臨時被她叫出來散心，他不會想要認識這些高談闊論的傢伙。

他只想聽到她的讚美，連一條秋刀魚他也十分在意，翻面不能黏住魚皮，頭尾應該連成一體，全身務必呈現剛剛好的金黃色，那麼當她上岸來到爐邊，第一口要讓她先嘗，她會彎下腰來，深吸一口氣，瞇上眼睛，慢慢吐出讚賞的鼻音，然後用她亮吟吟的聲音說，好美好香的秋刀魚呀。

只有這樣的一條魚才不讓他感到羞恥。以前他在鎮上還有自豪的手藝，老楊檜木桶店逢人就說他是最出色的傳人，但他後來還是離開了，只因她要到台北上大學。他開始在她學校附近的早餐店打工，油燻的汗漬每天噴在臉上，打烊後只好繞路避開她的校園；也因為沒有電話可以傾訴，不像住在小鎮還有一台腳踏車隨時把他們兩人帶到橋邊。他只好等待她來店裡，貓一樣吃著她喜歡的蛋餅，這時他才有機會稍稍表達思念，並且透露他已經接到兵單的訊息。明明每天過得非常緩慢，卻又覺得其實每分每秒都在拆解，尤其當他望著離去的背影，總覺得她有著一種遙遠的樣子正在慢慢和他遠離。

兩年後的這尾秋刀魚，完美的體身，油溜的鮮香，卻讓他墜入了更深的迷惘——她們在溪邊各自把腳晾乾後，似乎又回到了來時的機靈，細聲交換著內心話朝他走來，然後他終於聽見了，聽見其中一個憂心忡忡地說：妳別傻喔，一輩子陪他刻木頭嗎？她們以為他沒聽見，還圍著秋刀魚歡聲叫好，反而只有她靜默了下來，朝他閃過一個飄忽的眼神之後，突然別開臉走向了另一邊。

這樣的情景，終於也讓他想起了幼時住在鎮外偏鄉的往事。那時他家的矮屋對著一處兵營的後圍牆，每天放學的午後剛好就是阿兵哥吃飽飯的空檔，伙房裡正在哐啷哐啷洗著鍋碗。他丟下書包，立刻取了鋁盤跑到牆邊，裡面放了兩個五角錢，高高舉起剛好擱在牆頭上，然後等待某個伙夫把它拿走後，裝出滿滿一盤白飯放回到原來的地方。那時阿公阿嬤還在，母親偶爾回來，每天的主食由他負責捧回家，刺激又好玩，好像和一個看不見的人玩著看得見的遊戲。直到冬季開始的某一天，他擱到牆頭上的鋁盤突然被一陣強風吹翻了，鋁盤一瞬間掉進牆院裡，而他等了很久的白飯一直沒有出現。他急得找來兩塊磚頭，踮起腳尖，終於看到牆的另一邊。這時一個凶狠的老兵突然露臉，那雙眼睛彷彿早就盯在牆後戒備著，猛地對準了他的臉孔，惡狠狠地吼聲大叫：你，給我滾下去。

他終於厭倦這些種種的遊戲了。倘若人生就是這樣無奈的、玩了一半突然就縮手的遊戲。在堆放著許多木頭粗胚的房間裡，那把雕刻刀就像種種無奈的當下那樣別無選擇，他匆匆握起，沒有太多思索，彷彿進去只是為了找人，找不到人只好從另一個洞裡繞出來，像是惶惶然走過一條寂寞的暗巷那樣的感覺罷了。

唯一不讓這道疤痕被看穿的，反倒是每天住在一起的妻子。床笫中無意摸到傷痕的瑟芬，很快就被他制止。他一直迴避著妻子面前的裸身，或許也是因為這個記憶，卻沒想到其實很多年來，那個人似乎還在他的左腹裡存活著，雖然洞口已經封死，但裡面的她還是藉著疤痕呼吸，彷彿永遠不會窒息。

・

終於還是決定離開的蔡瑟芬，理由就像當初的結合一樣簡單，以前沒有快樂，現在也沒有痛苦，離婚和結婚扯平，還得到一個好處，可以回到自己的路上，再走一遍，不會那麼倒楣。

這樣，任何爭執也都可以避免了，輸贏早已失去意義，蔡紫式雖然每次都輸，但她懷疑他根本不想贏，沒說兩句便默默開溜，第二天才用冷漠來報復。

決定之後，才發現要帶走的東西少得可憐，唯一讓她在意的，反而只是樓頂上的一棵山茶花。樹徑超過兩手合掌的茶花，當初移植已有成年人的樹齡，來這裡又度過十年寒冬，最高梢已經越過梁柱的上空。一直讓她驕傲的這棵樹，迷戀起來幾近瘋狂，愛它純淨如雪，愛它開得不隨便，每年總要等到像她婚姻盡頭那樣的冬寒露重，才有小心翼翼的一朵粉白探出臉來，然後寒風吹雪般瀰漫在自己的天空。

但她厭倦了。對她而言，緩開的茶花是種來等待的，就像她等待的蔡紫式那樣，可惜年年空晃而過，她等到的是撲殺不盡的介殼蟲，橢圓狀的黏膩蟲體，長滿了細爪的白色粉殼，一叢叢貼附著葉面吸取樹汁，看了一直催她傷心。

小小介殼蟲，多像自己的丈夫把他蔓延不盡的精蟲注入不同女人的子宮，為了杜絕牠們成群結隊，曾經噴灑稀釋的硫磺水，求助過一種工業酒精加辣椒再摻入醋酸的混合配方，也試著在樹冠上套住塑膠袋，從底下點燃幾支蚊香，像個調皮小孩蹲在地上等待著牠們的夭亡。

每個月她重複這些蔡紫式不曾聞問的細節，以為只要寂寞可以熬過，應該沒有任何奇花異卉像這棵山茶花教她這麼深愛疼惜。如今既無理由留它下來，終於決定把它轉給十年前的花農，還敲定了移植的時日，沒想到發生了一個插曲。

打算關閉的教室來了一個新人。起初被她拒在門外，但學生們起鬨著，沒有人反對男學員進來，她才回頭仔細看著突然熱鬧起來的玄關，那人肩著小布包，正在低頭收著傘，才知道外面下著雨。

那天的雨還帶來了閃電，幾記清脆的響雷讓她不得不拔高嗓音，在一張自己的素描中從花梗、花萼談到了花瓣，像似對著一個中輟生交代著開學報到的事宜。

我不是來學這個，對方說。

看來不年輕，口氣卻極生猛。我只學一個月，妳教我幾個插花要領就好。

她沒有回應，暗嗔著他的無禮，索性略掉一個章節，猜他沒上完課就會知趣離開。結果沒有，還逾時不走，填了報名表，每個字斗大，每一筆吃力遲緩，讓她更不相信那麼拙鈍的人插得出多像樣的花。

課程原本每週兩次，對方主動要求盡量排滿，非要半年後的進度壓縮在年底前的時限裡，這才想起他只學一個月的說詞不假，問題是所謂花藝並不像進京趕考，一個講究生活美學的人不會這麼冥頑無知。

然而果真每次他都提早到課了。課餘的空檔，視線離不開桌間窗隅的陶盆土甕，隨時張望著急切的眼神，讓她不免好奇，難道一輩子沒看過花嗎？

啊，這樣也很美啊。頻頻對著旁人的習作讚嘆著，課後還走到外面露台流連不去，問透了種種灌木花名，連不同的葉脈也看得仔細入迷。

碰巧這天就是茶花的樹穴開始掘土的日子，他卻走進走出一再勸阻，讓她越是生出疑心。

不是已經開花了嗎？他說。一年來的第一朵白茶花，悄悄躲在樹梢末端的葉背上，從室窗看不見的花影，被他趴著欄杆探頭探腦瞧見了。她坐在教室不想探頭，移植已經著手進行，樓下的吊車正在待命，兩個園藝工帶來的繩索分頭套緊了樹幹，油綠的葉叢慢慢在傾斜中飄晃著，像一群棲住的小鳥驚慌地飛走了。

把樹弄走以後，妳還剩下什麼？男的繞進來說。

不知道他在背後偷窺了多少，不懷好意到這種程度。想要駁斥回去，一時找不到用語，恍惚間彷彿聽見了知音，頓時揪緊了胸口，差點忍不住淚水。

後天妳跟我走，我帶妳去看一種沒有人看過的梅花。

默默瞪著他，好氣好笑毫無邏輯，也覺得他的鐵口直斷暗藏心機，但眼前這張臉卻是那麼真摯，便就隨口應允了下來。雖然暗詫著自己的隨便，幸好想到了阿紫的背叛——何況移樹的事程已經就緒，再來只等自己搬出去的時機，什麼時機最好——自然就好，一個男人突然闖進來、一對夫妻的感情生變了，多麼戲劇化，雖不那麼逼真，但一個要離開的人還需要逼真的台詞嗎？

要去的不過就是台二十一線的烏松崙，每年花藝團體都在那裡舉辦花之例會，憑什麼誇說那是沒有人看過的梅花？不想拆穿他，但為了避免招搖，她自己循例報名了協會的賞梅專車，答應他在山裡會合。

車程卻比去年漫長，陡坡也更彎了，顛簸的車路把她搖晃得又羞又惱，忽然又想到了阿紫，阿紫的第一次也像她這樣的心驚膽戰嗎？

像什麼呢，像心底敲起了鼓棒，剛開始很輕，有意無意，彷如慢條斯理的試音，直到對上了音軌，忽然是冰雹般的槌鼓，忽然又像曲終人散的凝靜，直到整個心房暗室迷亂得近乎窒息。她不喜歡這種感覺，這種感覺讓她發現自己處在一直無法抵達的中途，搖啊搖，搖得忽然哀傷起來，覺得素常多麼安靜的自己，為什麼偏偏帶著遐思來到那麼多人賞梅的地方。

小巴士抵達了山村，果然看見他一路張望而來，昨天還上著課的人，脫掉了師徒外衣後，忽然便有一股靦腆橫在兩人中間。滿坑滿谷的人群不時湧起喧譁，梅林下的茶道也在悠揚的木笛聲中開場了。為了避開熟面孔的同好遲早認出她來，她只好朝著隱密角落走，卻又擔心自己的不安被他看穿。幸好後來他閒不住，獨自跑到林子裡逛了幾處茶席，回來還帶著幾罐新茶，滿口說著剛剛聽到喝到的一些茶經茶品，等到全都講完，突然壓低了聲音。

我今天還帶了手電筒。

哦，你用不到，來這裡賞梅都要提早下山。

不行，晚一點走，要看的還沒出現哩。

現在不能透露嗎？

他搖搖頭，才說出他是第一次來到這種地方。

她聽不懂，眼前也逐漸模糊起來，去年一樣的梅花都暗了，入夜後的山村終於只剩他們兩個人。他跑到車廂拿了大夾克給她禦寒，取出的手電筒沒有打開，兩個身影慢慢混為黑暗一片，黑暗中只聽到他的喃喃自語：再等等，全部暗下來最好。

茶與花的盛會，人跡散盡的荒野。她越想越感到不可思議，即便出軌也不是這樣的探險啊，想要放下腳步，兩腿反而哆嗦起來，只好朝著看不清的影子喊：我看還是回去吧。

這時才有一輪光圈晃到她腳下，她勉強踮起碎步摸索那點餘光，走到一半，赫然以為撞到了鬼影，原來他早就蹲在一大棵樹頭下，守著獵物似地連呼吸都凝住了。她還納悶著，已被一隻大手強拉而下，細瘦的肩頭硬是被他攬緊，縮成一團的身子只剩兩眼還能睜開，卻沒想到，這時他突然又把手電筒關掉了。

妳準備好了沒有？

你說……我應該準備什麼？

聽說眼睛眨一下也不行的，一瞬間……。

那你就趕快把燈打開吧，你自己也準備好吧。

我已經準備半年了……。

打開的手電筒倏地朝著樹梢射出時，她專注的已經不是黑暗中的光，而是葉子落盡後的千枝萬脈迎面撲來。原來是這樣啊，她起著冷顫，發現這些鋪天蓋地的枝椏下，一粒粒的青苞彷如千萬顆小眼睛，它們安安靜靜地懸浮在黑色枝頭上，像夜空滿布的星，像雨後森林中那些滴漏不盡的小水滴。

果然如他所言的一瞬間，她被這奇異景象震住了，明明沒有任何聲音，卻又似乎聽到了一種成群結隊的吶喊，像一大群瑟縮在黑暗中的小精靈，正在瞪著眼，看著她。

但她很快冷靜了下來，一個大男人老遠跑來，就為了揭穿這個黑暗祕密嗎？他從哪裡聽來的，誰經歷了，誰在喧歡的人群背後發現這麼一個孤寂的瞬間。她還沒問，發現他已經嗚著寒顫的聲音，慢慢伏靠在他自己的臂彎裡。

從烏松崙下來的回程，她靜靜聽著男人說話，一路沒有插嘴。他已經賣掉房子，即將搬到偏遠的鄉村，那地方靠近妻子的墓園，此後他想做的，就是每天去那裡看她，每天親手給她一盆花。

他的妻子今年夏天過世，死的時候沒有闔眼，最後一口氣掛在嘴上的，竟然是多年以前他答應前來體會這一幕花開花落的記憶。他苦苦等待了半年的花訊，就是為了實現自己終於來過了的心情。

瑟芬慢慢聽，慢慢發覺自己坐在一部充滿悔恨的車子裡，她為自己原來的遐思感到可笑，卻也慶幸看到了黑暗中的梅花。她自己的問題還在，而以後的蔡紫式會是這個男人的翻版嗎？但那又怎樣，死了就死了，誰要那麼愚蠢地掛在枝頭，等著開出死亡的花。

・

她要求丈夫無論如何，也要挑一個晚上提早回家。

等了三天，果然準時回來，吃了晚餐，換了睡袍，坐在她面前。

這個情景讓她想起他登完玉山回來，描述著遇見黑熊的那天夜晚。那是多久以前的事了，同樣坐在客廳，她要說的卻是別人的故事。

他帶我去烏松崙，我本來以為他一定很喜歡梅花。

嗯，我也沒聽過男人會特別喜歡梅花。

他是想念他太太才去的，沒想到只看一眼就哭了。

哭了，那不是很殺風景嗎？

女人期待的事情，也許都要死後才會兌現吧。山上那麼暗，他一定徘徊到深夜，否則不可能拿著手電筒在那裡看梅花。不過這對你是沒有意義的，以後你也不會哭。

妳叫我回來，是要問我看了梅花會不會哭？

不要不耐煩，雖然你根本不擔心我為什麼找你，但我還是要說，很多女人像我這樣來到中年，都會有突然想要離開的念頭……。

喔，妳想要離開。

錯了，就因為這件事，我已經決定留下來。

她問他要不要喝茶。她把茶巾鋪上桌面，在他面前置出杯托，白色杯口對著一張疑惑的臉。然後她開始溫壺置茶，緩慢的節奏間，發覺他似乎比想像中安靜，正在悄悄盯著這些細微，沒想到不久之後便在桌面敲著指尖，指尖的觸擊卻完全沒有發出聲音，看得出他的心思其實正在拿捏著，連指甲也在防備著。

茶湯在瓷杯裡旋出了淡雅的幽黃。你可以喝了，她說。

什麼茶？

今年的冬茶，你小口喝，慢慢會有感覺。

是燙吧，當然是很燙的感覺。

再試試，有一種特別的回憶在裡面。

她拾起瓷盅給他添茶，看見他很快又把杯底吸乾了，嘴裡咂著聲，抱怨聞不到他要的香味。她很想把杯子收回來，還是忍住了，幽幽看著他的臉。

有沒有發覺一種冷冽感，經過味蕾，停留在舌尖。

什麼冷冽感？

沒有嗎，冬天的蕭瑟，冷雨穿透皮膚的顫抖，死前最後幾秒鐘……。

他不想聽下去，往前推出空杯，逃遁似站了起來。

你的身上也有，阿紫，很多年前我就看到了。

那妳說說看，我身上哪裡，哪裡有什麼冷冽感？

到處都有，阿紫，勇敢把它說出來。

好了，我還有事要出去，不過今天晚上妳講得太棒了。

蔡紫式回房換了衣服，嘴裡咂著幾口冬茶殘餘下來的苦味。冷冽感？對啊，他想起來了，當他的上半身卡在牆頭上進退不得時，那個伙房老士官的一張惡臉從此纏住他一生，那時候誰來注意到這個窮人小孩的心靈，這就是他媽的冷冽感吧。

他打了個寒顫，隨手套上了厚夾克，回到客廳時，才發現一長串的電話鈴聲還在那裡空響著。他抓起聽筒想要掛斷，然而對方說，這裡是蔡莫家嗎？蔡莫是你兒子嗎？

對方還說，你不要緊張，我們還在調查。沒有沒有沒有，你來一趟警察局再說吧。你還要問什麼，來看看錄影帶嘛。殺人，殺人就好辦多了，蔡先生，你到底要不要過來？

蔡瑟芬雖然靜靜坐著，冷冽感凝聚的舌尖卻忽然因為顫動，被門牙咬住了。

3

阿莫喜歡冬天，尤其是起風的下午，可以守在玻璃門內避寒，看到客人來到迴廊下車時，才扳住金色門柄等待著，然後在他們上來之前把門拉開。

一大片的玻璃外可以同時看到兩條街。左邊是人車最多的大馬路，嘈雜的聲音會在綠燈後一路刷過去，其中也許就有幾部車慢慢迴進來卸客；右邊則是小小的靜巷，絕少有車從那邊反向泊過來。阿莫的站班時間便有兩個世界的分野，紅燈時，他就悠閒地瞧瞧從靜巷經過的腳踏車或小狗，直到燈號轉換才又回到他討厭的世界。

但他做得極好，灰色制服沒有一絲褶痕，銅釦一顆顆剔透潔亮，而且只有他當班的玻璃門找不到客人的指紋，不會因為疏忽而讓任何汙漬牴觸到他要的明白透亮。有時他心情好，會在適當時機走到門外伸伸腰，然後一邊注意著從飯店裡面出來的客賓。最遠他還曾經跑到對街的斑馬線口，攙扶一個阿婆走過來，阿婆有氣喘病，在飯店門廊下歇了很久，問他說少年耶你娶某未，你心肝這好，我查某孫仔嫁你好否？

阿婆讓他想起了阿嬤。那天下午阿嬤雖然沒有把小咪趕走，拒絕的語氣卻是聽了就明白的。阿孫仔，世間查某娶未完，你免傷心哦。那件事的落幕就像幾秒鐘的煙火，小咪和她媽媽連夜搬家，任何音訊都沒有留下。他只知道半路出現的阿公和她們母女一起生活過，但再追問下去已經沒有意義了。

對於那件風波，阿莫已經沒有自己的想法。他不再有自己的想法了。父親把他帶來這家飯店時，他也沒有反抗，因為他沒有更好的主張，自從小咪離開後，他已經不需要擁有什麼主張了。

但他的好表現還是經常贏得讚賞，大廳主任會在晨訓場合提到他。你們應該學學蔡莫，他做事多細膩，眼睛多靈活，看到熟客都喊得出掛頭銜的名字，連肩膀上的灰塵都替客人拍走。你做做看，怎麼拍客人的灰塵。是這樣嗎，你是在刷油漆嗎？蔡莫你來示範。對呀，這就是貼心，輕輕撫過去，就像摸女人大腿，但也不能停留太久，你們可別以為真的要拍灰塵啊，我們是在跟他交心。

後來他不拍灰塵了。午後的空靜時刻，認識不久的阿公從計程車下來，門才打開，一股氣流馬上吹來了聲浪：啊你真正咧替人開門喔，實在可憐啦，你老爸真正是有夠么壽。蔡莫把他引到大廳旁的會客區，一時不知怎麼說話，兩手扭在背後，眼睜睜看見他滾毛外套的肩膀上滿是雜混的屑灰。他突然覺得倘若沒有感情，連拍個灰塵也是拍不乾淨的吧。他只好彆扭地站在旁邊，要不就是跑去開門關門，然後穿過透明門片的光影，看著老人彷如獨自坐在大海裡，那張沒有靠背的沙發原是防止客人瞌睡，沒想到他竟然像隻海鷗停在那裡盹了大半天。

母親也來過了，但沒有進來，她在對面商店街的穿廊豎起了衣領，拿著雜誌貼在臉側，像個普通過客那樣隨意瀏覽著，後來停在一家咖啡館門口，直到不見了人影。雖然母親常常來電，繞著生活小事談，總說平安就好，簡單幾句話就把母子兩人的心意完全弄懂了。那麼，母親為什麼還不放心呢？蔡莫想了很久，是因為自己從來沒有反抗而讓她感到奇怪嗎？

兩個小時的站班後，父親不讓他休息，特別疏通了客房經理，讓他兼做樓層服務。於是常有眼尖的房客會在上樓時驚叫兩聲，因為這時的蔡莫突然已經全身雪白，除了開襟的胸口，從頭到腳如同雪人一般，和三分鐘前的門僮判若兩人。他學得很快，早就弄懂了按門鈴的規矩，針對不同客層調配著聲調的高低，也知道普拿疼放在哪裡，找誰調借急用的老花眼鏡，甚至連不合理的要求他也沒有拒絕。

你看你看，我是這麼不小心啊。一個房間裡的女人銜著他這麼叫著。

他被她喚來，看著她撩起浴袍露出的腿彎，一道髮細的刀傷浮在奶白的皮肉上。

他知道怎麼回應，客人都是對的。他說，我們有紅藥水，或者我去拿貼布……。

多拿一個酒杯，她說。

他處置得很好，查出她昨晚單獨入住。他把貼布放在茶几，準備告退。她說，難道你不幫我貼上去嗎？

他面露難色，刻意縮退一旁，然而她已抬腿掛上桌緣，那滑開的浴袍驀然袒出了白皙的大腿直至鼠蹊，隱隱漾盪出來的峽灣是他未曾涉臨的海洋。這時他原本想要闔上的眼睛已不能使喚，因為一股熟悉的痛楚忽然把他的喉結勒緊了，他怯怯地睜開眼，緊盯著腿上那小小傷口帶來的困惑，終於再也顧不得種種訓誡，恍惚間半跪了下來，撕開了貼布，對著那道紅斑輕輕按上。

他還掙扎了很久，想著該不該撿起滑落的浴袍替她覆蓋，最後他決定不要冒險，否則她剛闔起的醉眼隨時會再睜開；至於傷口旁邊，那些彷如每天的日記那樣的一道道正在結疤的舊刀傷，就不是他蔡莫的職責所在了。

幾分鐘後，他再度以俐落的動作回復了門僮的裝束，匆匆俯在洗臉台上拍著臉，略為撥開了前面的髮線，以便打起精神為他下一班的客人開門。經歷過那個房間的情景，他覺得還是冬天最好，可以躲在玻璃門內避寒，也能天天穿著長袖制服，隨時替他掩蓋手臂上的祕密，否則稍有不慎，一定也會洩露出和那女人同樣的痛楚。

下一輪還是兩小時，回到宿舍剛好六點。他一個人住，沒有人替他把門打開。

•

蔡莫最後的值班：上午十點大廳門僮，十二點零八分失蹤。

大約十一點半的時刻也一直印在蔡莫自己的腦海裡，那時他還瞄了一眼高窗下的水晶鐘，正好一部黑亮大車下來了一對夫婦，門側的泊車哥跟在後面提著行李。

蔡莫開門，歡迎光臨。大門關回去，車子卻沒有開走，裡面忽然伸出一雙長腿，一片黑色短裙擠出的巧圓臀身，一件捲了袖子的緊身毛衣挺在胸口，然後，短髮下披著絲巾的女孩出現在他眼前。

蔡莫沒有開門。他隔著玻璃看她走來，看她穿著很小的紅鞋子，鞋面紮著羽飾，走起來微微地飄晃，像一隻剛剛飛來採蜜的粉蝶。紅鞋子踢著門，白色粉蝶飛起來。

為什麼不開門？她扠著細腰嗔叫著，一臉小女孩模樣的怒顏。

對不起，蔡莫說。他把門開到最開，終於第一次看到自己印在玻璃上的掌紋。

女孩冷冷望過停在住房櫃檯邊的那對夫婦，突然又轉回來。

喂，你幹嘛不開門？

他不斷欠身賠禮，想不通自己為什麼恍惚了。

但是她沒走，看著蔡莫不知所措的模樣，反而笑起來。

你很像一個人耶，你知道嗎？

蔡莫本能地搖頭，只知道這時候不說話最好，不像任何人最好。

二宮和也啦，傻瓜，你像豬八戒我還理你嗎？怎麼不說話，害羞喔，像他不好喔，偶像團體耶，人家是演日劇的大明星說，還會彈吉他和鋼琴。

此後的半小時，蔡莫拉出藏在褲帶下的毛巾，把門上的玻璃全都擦亮後，獨獨留下的清晰指紋就像剛剛那雙淘氣的眼睛瞧著他。他注視著當門僮以來這個僅有的汙點，忽然湧起了莫名的快慰——為什麼昨天不也這樣呢，為什麼沒有汙點的日子還是沒有快樂呢？他頻頻轉視著大廳的動靜，很想知道二宮和也是誰，也很想再看她一眼，看她的紅鞋子，看她有點隨便的講話的樣子。

母親像她這樣就好了，他想。雖然女人的氣質很重要，但每天插花不會悶死嗎？她為什麼不能快樂地走出來。想起回家那天，母親房間的木地板一直傳來滾跳的聲音，那聲音很奇怪，叩，叩叩，叩叩叩，像漫不經心的擊鼓，又像一聲聲無聊寂寞的單音。他納悶了很久，那些聲音後來卻又開始翻轉，瞬間飛起來，忽然又墜落下來，他以為母親終於還是想不開了吧，終於瘋瘋癲癲跳上了陽台……。

十二點整，和下一班的門僮交接大門後，蔡莫已在寢物間換上了白制服。他提著垃圾穿進環保室的窄道，丟完後準備繞過花園走往側門的梯間，這時旁邊西餐廳的長窗卻偎來了一個影子，竟就是那個紅鞋女孩正在對他敲玻璃。他看見她在說話，沒有聲音的嘴型張得很開，兩顆黑眼珠朝著手勢相同的方向流動著。

他看懂了，她要他走到水池邊。

帶我去買公仔，後來她說。

他雖然還是搖著頭，卻暗自高興那麼快又見到她。

不會吧，你連公仔也不知道嗎？

蔡莫只能沉默，他發覺窗下已有幾隻眼睛朝著水池這邊望過來。服務生，時髦小女生，那些好奇眼光很快會把經理引過來，他趕緊低下頭，剛好又對著她的紅鞋子。

那我完蛋了啦，我一個人耶，他們自己跑去打高爾夫了。

蔡莫轉身往外走，決定從大廳進去，這樣可以顯現他的正直。但紅鞋子跟了上來，他害怕如果兩人同時進出還是會把自己毀了，只好停在樓牆隱蔽處，兩手對她投降。

有空我會帶妳去找，現在請妳走那邊的側門。

騙我對不對，你剛剛還搖頭呢，去哪裡找。

布袋戲偶算不算公仔？

笑死人，你有布袋戲的公仔喔，你自己演喔。

他有戴白色斗篷的史豔文，還有兩個很可愛的小福童。他最喜愛的黑白郎君則被父親扔進馬桶裡。他說：我自己演自己。

那我要看。

他低著頭繼續看鞋，覺得她的腳好白好白。

走啦，不走我要大聲喊囉，二宮和也，二宮和也，二宮……

他讓她在後面跟，越過了靜巷，再轉進前往宿舍的小路時，聽見她嘰哩呱啦講著新來的老爸，講得很急，好像為了發作她的氣喘病似地，臉色白得旁邊的酒窩變暗了。

所以呀，上個月我媽就成為他的二宮了。才說呢，我就越來越不喜歡二宮和也了，不過你真的很像他唷，好像還比他好看一點啦，以後我叫你和也好不好？

他們進去的宿舍很暗，打開房門才有床尾灑進來的陽光，紅鞋子脫掉了鞋子，提著它擱上陽光下的窗台。和也，快拿出來，她說。

進門後還獃在一旁的蔡莫，看見她俏皮地彈起食指朝他比畫著，才想起她要看的布袋戲偶。然而那些寶貝其實早已被他鎖在家裡的箱底，反倒是丟到馬桶裡的黑白郎君被他救了回來，藏在這間宿舍的抽屜裡，像是為了保存一份美好記憶，從那天起，從黑白郎君這件事，他開始用這種懷念來恨自己的父親。

哦，原來被你騙了，你好那個。她從床尾轉回來，像個累壞了的女主人往床上一趴，靜止了幾秒，終於發出坎坷的哀嚎。他媽的和也，你每天睡這種鐵床嗎？

起來了，我還要回去上班。

拉我。

他從背後拉她兩隻手，上身輕得像被單，摺成一個跪姿貼在床尾上。

還要怎樣？

抱我起來。

他伸手進去攬住腰間，聞到了雪白脖子的香味，這時她的嘴唇突然啄過來，淘氣，出其不意，嘻嘻地笑逗著。他攬著腰往後拉，才發覺她的腳趾其實偷偷頑抗著頂在床架上，這個細微的發現讓他忽然想要從此抱住她。然而回去還來得及，他曾經答應母親要在飯店裡熬到死，何況後來他也把玻璃上的指紋擦掉了。

他走進廁所洗臉，聽見桌上的吉他被她挑撥著，聽得出那是沒有概念的聲音，卻又覺得她撥得很好，彷彿天籟滑落在他的胸間。他忽然想哭，覺得其實那些指紋是不該擦掉的，可惜他擦掉了。他走回來接手，問她想不想聽。

那你彈〈茉莉花〉好嗎？我要跟著唱。

為什麼是〈茉莉花〉？

傻瓜，因為我的名字就叫茉莉呀。她高興得跳到窗下，只有那裡還有極小的迴旋空間。他看見她低頭對齊了腳尖，匆匆撥著短髮，把多餘的毛捲塞入耳背，兩手垂後，兩隻腳尖同時踮了兩下，然後悄悄嚥了一下口水。這時她的眼睛便就開始不看他了，只看著左邊右邊的天花板，臉上的粉白慢慢暈出了紅顏。

好一朵美麗的茉莉花　好一朵美麗的茉莉花
芬芳美麗滿枝椏　又香又白人人誇　讓我來將你摘下

蔡莫第一次笑著了，看見她唱完〈茉莉花〉的模樣就像一朵茉莉花，腳尖又踮了一下，後面兩隻手也遲遲不放開，連眼睛都還停在天花板上。他很想聽她再唱一次，想聽的也許不是聲音，是聲音裡面有一個模糊的方塊正在融解，好像要把他包圍。

因此他忘了讚美，他聽見她的腳後跟突然蹬了一聲，那沉不住氣的臉孔嗔怒著，一下又跳回床上擠到他旁邊。換你過去，我看你多會唱。她說。

我不會唱歌。

會彈吉他的人不會唱歌喔？

蔡莫告訴她，沒有客人時他會在心裡唱〈雨夜花〉，但老是沒唱完就想起母親。

那多掃興呀，我是想要忘掉我媽才唱〈茉莉花〉。

他們兩人彷彿陪伴著一把吉他似地，從他們坐著的角度剛好看到了窗外的夕陽。後來蔡莫想要下床開燈，被她貼在肩膀的下巴抵住了，然後她指著窗台上的鞋子告訴蔡莫，她一進門就想好了，鞋子是她的紅色記號，她會在他突然動粗的時候從那裡跳下去。

蔡莫沒聽懂，他看見那兩隻鞋子在黃昏的窗台彷彿睡著了。是為了把鞋子放在那裡，才要他開門進來的嗎？想到這裡，眼淚差點掉下來。

可是，你什麼都沒做呀，我現在答應了。紅鞋子說。

．

兩方父母各自坐在刑事組的沙發對角線上，自稱大隊長的警官阻隔在兩者之間，他要求飯店經理把先前說過的複述一遍，因為剛到的蔡先生也非常著急。說完，他特地看了蔡紫式一眼，他對這個姓蔡的反感到極點，一進門就發火，叫你們局長過來，不然我我我⋯⋯。先擺出來頭不小的威風，也不想想自己的兒子已經捅出了大麻煩。

飯店經理一直站著，他確認十二點交班的蔡莫沒有異常行為，如果要他再說一次，他還是認為西餐廳的庭園出現蔡莫的畫面並不奇怪，畢竟那是丟完垃圾的員工常走的捷徑。就算我不丟垃圾，有時也會經過那裡，他說。

斜對面的老胖子聽不下去。啊現此時講這有啥路用，你嘛咧笑死人。他短腿的膝蓋晃了晃，一副別人的謊言被他拆穿的快感。蔡紫式很想撲過去捶死他。現在總算明白了，對方打球回來找不到女兒，把整間飯店翻過一遍後，就來報綁架案了，最後還把唯一線索歸在阿莫頭上。阿莫怎麼會，阿莫連一隻螞蟻都讓步，怎麼會操她。

他又把桌上的錄像影印拿來看了一眼，覺得畫面裡的女孩未免也太隨便，什麼天氣穿這麼低，不就是抱著老胖子不斷妖哭的那個女人的翻版嗎？他雖然知道瑟芬其實也掉著淚，但她的眼淚沒有聲音，從這裡也可以推論，哭得最大聲的確實就是丟了她家寶貝女兒，但瑟芬這種習慣性的眼淚，不過就是思念著被冤枉的兒子罷了。

蔡紫式在他自己的冥想世界找到的，幸好還有這個信念支撐他。當年給兒子取名蔡莫自然也是語重心長，從名字的含意就看得出他尊重歷史的足音：好的千萬別相信，壞的更要唾棄到底，至於人世間的虛情假意，那就要多聽多看，看看你老爸以前是怎樣的死裡逃生。

他看了警官一眼，看了老胖子一眼，看了蔡瑟芬一眼，突然想起自己終於登上玉山北峰的那個瞬間，那時從他眼底流下的兩行淚水是混合著失敗與光榮的，是任何人，任何一個喜歡詛咒蔡紫式的人永遠都無法體會的感人畫面。

何況，此刻他更且安心多了——他看著兩個撲空回來的警察低聲報告了一番，警官轉身告訴在場者，蔡莫的宿舍已經搜過了，也採了幾個指紋，但房間裡面看起來乾乾淨淨，很難判斷有什麼可疑的罪跡。蔡紫式特別注意老胖子的反應，果然對方又開始嗤哼著：啊我借問一下，擄肉是擄去宿舍等你警察去掠嗎？

蔡紫式不想再聽，悄悄推了瑟芬一把。

然而她不想走，只有她知道，阿莫真的把女孩帶走了。

她擅長的預感正在怦怦跳動。她不能離開這裡，隨時會有消息進來，好消息是阿莫和那個女孩一起出面說明，壞消息是他被捕認罪。但她相信前者。當照片裡的那雙紅鞋忽然映入眼底時，她感受到的震撼裡並沒有悲傷，腦海裡重現的是阿莫那天撞門而入的情景，那時他原本驚慌的神色忽然就喜悅了起來，就因為終於知道媽媽只是獨自跳著舞，才發出那些令人疑惑的聲音。阿莫緊緊偎著她，彷彿揪住一個倖存者，在她耳邊絮絮說著她一時無法聽懂的言語，母子兩人後來坐在地板上，然後他看著那雙脫下來的鞋子說：媽，妳的鞋子很好看。

你那麼喜歡紅鞋子啊。

不是，我喜歡紅鞋子穿在妳腳上的感覺。

唉呀，什麼感覺？

我想，就是一種會讓我放心的感覺吧，阿莫說。

現在，她從回憶中找到放心這個詞了，像一雙溫暖翅膀，陪她坐在等待的地方。但她無法把這個發現告訴阿紫，他體會不到這種感覺，與其這樣，讓他煎熬下去吧。

很晚的時候，一抹黑影忽然來到了落地門外，那是脫了外套揮舞著的阿紫的父親，急著想要進來，像隻焦慮的蝙蝠拍在玻璃上。瑟芬發覺阿紫的臉色正在由灰轉沉，渾身不為所動，只是冷冷盯著影子看。她想去開門，卻被他的手緊緊按住，指掌又冰又涼，彷彿正在低泣那般。

評錄

〈那麼熱，那麼冷〉以乍看父慈子孝、夫妻恩愛的三代同堂富裕之家為主題，但文學中的這種家庭照例是千瘡百孔、不堪檢視。小說的教訓可能是：在台灣經濟表面成長、底下充滿投機炒作的年代之後，多元成家（「元」指金元）恐怕換來斷捨離的衝動——一家子不如解散算了，只是還捨不得。「反高潮」是文中常態：妻子也想外遇，卻遇到讓她敗興的浪漫；兒子不敢輕狂，卻淪入難以拿來炫耀的性冒險；男主人是性愛超人，但他的夜夜壯舉只是徒勞。有人認為此篇的主角是男子氣概，我卻覺得是「百廢不舉」。本文最精采之處，可能正如標題明示：是溫度。類似野心的小說在本土文學中往往急於寫歷史卻疏於寫生活感觸，但這篇小說卻重視人生各處的溫度：文中女主人體內、體表、體外溫度，連同各種聲響與光影的冷熱，以及那趟賞梅之旅，都是美豔淒然。

《九歌一〇二年小說選》主編紀大偉

妖精

我想，父親是錯過了；倘若我們生命中都有一個值得深愛的人。

到底不是真心想去的地方，車子進入縣道後忽然顛簸起來。

他們的心思大概是超重了。從後照鏡看到的兩張臉，可以想像內心還在煎熬，處境各自不同，連坐姿也分開兩邊：一個用他細長的眼睛盯著後退的街景，彷彿此生再也不能回頭；一個則是雙手抱胸挺著肩膀，像個辛酸女人苦盡甘來，一臉熱切地張望著前方。

我載著這樣的父母親。途中雖然有些交談，負責答腔的卻是我，時不時回頭嗯喔幾聲，否則他們彼此間無聊的斷句難以連結。他們都還小。就生理特徵來說，要到垂老的腦袋覆蓋著一頭銀髮，那時的坐姿也許才會鬆緊一致，然後偎在午後的慵懶中看著地面發呆。

人的一生除非活得夠老，漸漸失去愛與恨，不然就像他們這樣了。

我們要去探望多年來母親口中的妖精。

那個女人的姊姊突然打電話來，母親不吭聲就把話筒擱下，繃著臉遞給我聽，自己守在旁邊戒備著。

「唉，真的是很不得已才這麼厚臉皮，以前讓你們困擾了，真對不起啊。但是能不能……，我人在美國，這邊下大雪啊，聽說你們那邊也是連續寒流，可是怎麼辦，我妹妹……。」

我還在清理頭緒的時候，母親卻又耐不住，很快搶走了話筒。

「啊妳要怎樣，什麼事，妳直說好了。」

對方也許又重複著一段客套話，她虎虎地聽著，隨時準備出擊的眼神中有我曾經見過的哀愁，那些數不清的夜晚她一直都是這樣把自己折磨著。

後來她減弱了，我說的是她的戒心。像一頭怒犬慢慢發覺來者良善，她開始溫婉地嗯著，嗯，嗯，嗯，是啊全世界都很冷，嗯。天氣讓她們徘徊了幾分鐘後，母親彷彿聽見了人世間的某種奧祕，她的回應突然加速，有點結巴，卻又忍不住插嘴：「什麼，妳說什麼，安養院，她住進安養院……。」

然後，那長期泡在一股悲怨中的臉孔終於鬆開了，長長地舒嘆了一口氣，整個屋子飄起了她愉悅的迴音：「是這樣啊……。」

掛上電話後，她進去廁所待了很久，出來時塞滿了鼻音，一個人來回踱在客廳裡，那時接近中午，她說：「我還要想一下，你自己去外面吃吧，這件事暫時不要說出去。」

所謂說出去的對象，當然指的是她還在怨恨中的男人，我的父親。

他是在跑業務的歲月搭上那女人而束手就擒的。他比一般幸運者提早接觸心靈的懲罰，或者說他自願從此遁入一個惡人的靈修，有空就擦地板，睡覺時分房，在家走動都用腳尖，隨時一副畏罪者的羞慚，吃東西從來沒有發出嚼動的聲音。

午飯後我從外面回來時，客廳的音樂已經流進廚房，水槽與料理台間不斷哼唱著她跟不上的節拍。她突然發現自己才是真正的女人吧，那種勝利者的喜悅似乎一時難以拿捏，釋放得有些生澀，苦苦地笑著，大概是忍住了。

父親回來後還不知道家有喜事，他一樣把快退休的公事包拿進書房，出來準備吃飯時，才知道桌上多了三樣菜和一盤提早削好的水果。在他細長的鳥眼中，這些東西如夢如幻卻又無比真實，他以謹慎的指尖托住碗底，持筷的右手卻不敢遠行，只能就著面前的一截魚尾細細挑夾。如此反覆來去，愈吃愈覺得不對勁，眼看一碗白飯已經見底，他只好輕輕擱下碗筷，不敢喝湯，像個借宿的客人急著想要躲回他的書房。

「漢忠，多吃一點。」母親說。她滑動轉盤，獅子頭到了他面前。

我沒聽錯，多年來這是第一次，母親總算叫出他的名字，那麼親暱卻又陌生，像一桶滾水倒進冰壺裡，響起令人吃驚的碎裂之音。她過去多少煎熬，此刻似乎忘得乾乾淨淨，沙啞的喉嚨也痊癒了，一出聲就是柔軟的細語。

當然，他是嚇壞了。但他表現得很好，除了稀疏的睫毛微微閃跳，我看不出他作為一個懦弱的男人，在這樣的瞬間還有什麼可以挑剔的。他把魚尾吃淨後，聽了她詭異的暗示，果然暫且不敢提前離席，委婉地夾起盤邊的一截青蔥，等著從她嘴裡聽出什麼佳音。

我聽見他激動的門牙把那截青蔥切斷了。

漢忠，還有獅子頭呢。我心裡說。

她的笑意宛如臉上爬滿的細紋，一桌子菜被她多年不見的慈顏盤據著，為了這些料理她耗盡一整個下午，我懷疑要是沒有那通電話，這些菜料不知道躲在什麼鬼地方。他們之間的恩怨讓這個家長期泡在冰櫃裡，多年前我接到兵單時，妖精事件剛爆發，家裡的聲音全都是她的控訴，男人在那種時刻通常不敢吭聲，沒想到時日一久，他卻變成這樣的父親了。

青蔥吞了進去，她的下文卻還沒出來，他只好起身添上第二碗。平常他的飯量極小，別人的一餐可以餵他兩頓，此刻若不是心存僥倖，應該不至於想要硬撐。顯然他是有所期待的，畢竟眼前的巨變確實令人傻眼。

但是別傻了，漢忠。什麼苦都吃過了，還稀罕什麼驚喜嗎，回房去吧，不然她就要開口了，除非你真的想聽，你聽了不要難過就好……。

菜盤轉過來一隻完整的土雞，還有煎炸的海鮮餅，還有一大碗湯。

果然，她鄭重宣布了：那通電話，那個妖精，那安養院的八人房……。

「聽說她失智了。」她舉起了脖子，非常驕傲地揚聲說。

我看見那顆獅子頭忽然塞進他嘴裡，撐得兩眼鼓脹，嘴角滴出油來。

「聽說一件冬天的衣服都沒有，我們去看看她吧。」母親說。

棉襖、長襪、毛線帽和暖暖包，一袋袋採購來的禦寒用品堆在我的駕駛座旁。一切都由她作主，昨晚那頓飯吃完她就出門了，聽說買這些東西一點都不費力，憑她當年抓姦的匆匆照面，那兩條光溜溜的肉體如今還在眼前，想也知道那妖精的胖瘦原形，肩寬腰圍一概來自那段傷心記憶，不像她自己買一支眉筆要挑老半天。

一大早她督促父親向公司請了假，接著說走就走，顯然是為了親眼目睹一個悲劇才能安心。她昨晚應該睡得不好，出門時還是一雙紅腫的眼睛，遲來的勝利使她亂了方寸，不像他吃了敗仗後投降繳械反而安定下來。

我覺得她並沒有贏。那女人是被自己的腦袋打敗的，何況那也只是記憶的混亂，說不定從此可以忘掉愛的紛擾。失智不過就是蒼天廢人武功，把一個人帶回童年的荒野，任他風吹雨淋，化成可愛精靈，再回來度過一段無知的餘生。反倒是她這個受害者還走在坎坷路上，若不是慷慨準備了一堆過冬衣物，簡直就像是押著一個男盜要來指認當年的女娼。

安養院入口有個櫃檯，父親先去辦理登記，接待員開始拿起對講機找人。我們來到一排房子的穿廊中等待，一個照護媽媽從樓層裡跑出來，邊說邊轉頭尋著建築物的角落，「奇怪啊，剛剛還在的呀。」

母親四下張望著，廊外的花園迴灌著風，枯黃的大草地空無一人。

「喔，在那裡啦，哎喲大姊，天氣那麼冷……。」

隨著跑過去的身影，偏角有棵老樹颯颯地叫著，一個女人光著腳在那裡跳舞，遠遠看去的短髮一叢斑灰，單薄的罩衫隨風削出了纖細的肩脊。

父親跟上去了，他取出袋子裡的大襖，打開了拉鍊攤在空中，好似等著一隻鴨子走進來。那幾個乏味的舞步停曳下來時，她朝他看了很久，彷彿面對一件非常久遠的失物，慢慢搖起一張恍惚的臉。

靜靜看著這一幕的母親，轉頭瞧我一眼，幽幽笑著，「妖精也會老。」

那件棉襖是太大了，他從後面替她披上時，禁不住她一個觸電般的轉身，左肩很快又鬆溜出來，整條袖子垂到地上。

她跟著他來到穿廊，眼睛看著外面，臉上確有掩不住的風霜。但我說不出來，她身上似乎有著什麼；還有著時間過後的殘留吧，那是一股還沒褪盡的韻味，隱約藏在眉眼之間，想像得出她年輕時應該很美，或許就因為這份美才擄獲了一個混蛋吧，怎麼知道後來會這樣一無所有。

父親難免感傷起來，鼻頭一緊，簡單的介紹詞省略掉了。幾個人無言地站在風中，母親只顧盯著對方，從頭看到腳，再回到臉上，白白的瘦瘦的臉上依然沒有任何表情浮現出來。

「有沒有想起來，我們見過面了。」母親試探著說。

面對著這一張毫無回應的臉，在母親看來不知是喜是悲，也許很多心底話本來都想好了，譬如她要宣洩的怨恨，她無端承受的傷痕要趁這個機會排解，沒想到對手太弱了。她把手絹收進皮包，哼著鼻音走出了廊外。

我們要離開的時候，那女人不再跟隨，她總算把手穿進了袖口，牢牢地提上拉鍊，然後慢慢走進旁邊的屋舍中。然而當我把車掉頭回來時，這一瞬間我卻看到了，她忽然停下了腳步，悄悄掩在一處無人的屋角，那兩隻眼睛因著想要凝望而變得異常瑩亮，偷偷朝著我們的車窗直視過來。

長期處在荒村般的孤寂世界裡，才有那樣一雙專注的眼神吧。

我想，父親是錯過了；倘若我們生命中都有一個值得深愛的人。

斷層

這種地方，好像自己也能乾乾淨淨地走進來了。

在這荒丘野嶺，若有人前來祭墳，車子會在一陣急喘中掩入林蔭，時而冒出陡彎的坡間，然後泊在下面的三角公園，沿著唯一的狹道徒步上山。

或是鷹隼的叫聲有異，青年也聽得出來，他從高丘往下眺望，果然看見又一個邊走邊擦汗的身影。來者若是他的雇主，他便跳下去揮手，把那失焦的視線安頓在這片荒塚中，然後帶著對方踏上錯雜相連的墳路，很快就能來到獻祭的墳前。

「你看，只要草皮綿密起來，雜草就沒有放肆的空間了。」

說完，他點閱自己的成績告訴對方：墳頭的水道通暢，焚紙爐沒有殘餘去年的香灰，碑文的字跡也經他不斷擦拭後彷彿甦醒過來，小小的庭地在滿山亂墳間呈現著罕見的莊嚴……。

這樣，以年計價的收費也便宜得驚人。富豪大塚一萬五，寒涼小丘僅算八千，只要清明前後預繳，隔年上墳就可以驗收。且若主人平日要來祭花，哪怕是天天上墳，也保證看得到綠草如茵，若發現衰草不興，或者芒草如林，他一概負責謝罪還錢。

聽得心動者不少，暗自替他算計，如果一年看二十個墳，也夠用了。

「十門左右，先生。」他欠身說：「死了就不值錢了。在世的通常都是清明節才帶著一把鐮刀來，看到東西就亂揮亂砍，雜草垃圾全部丟在別人的墳頭上，上完香緊接著燒紙錢，祭品收一收就趕快溜掉了。」

也有人這麼回答，「不過，活著的人也很苦啊。」

「所以我還要兼差，先生如果家裡的庭院缺人維護，也可以找我，噴藥施肥全包，剪枝造型我都沒有問題。」

「庭院喔，坦白說我連多養一隻狗都有困難。」

「沒關係，難說你不會成為大老闆。你看我的腳，大地震把我壓斷了還站在這裡，我比父母親和我哥哥幸運多了，」他遞出皺灰的名片說：「有機會的話請多幫忙介紹，我會特別優待……。」

對方納悶著，「只寫電話，你怎麼連名字都沒有？」

「叫我小李就可以，我不會拿了錢就跑，只是暫時還不需要名字。」

若是閒聊的人還沒走，青年也不想耽擱，他把工具綁上機車後架，繞到墓區外圍的岔路，對準了車頭便往下俯衝，很快就穿過他家前面的一江橋。

橋邊沿線都是車籠埔斷層帶的夢魘區，他就住在齲齒般的殘缺巷弄裡。

這時兩個侄子放學回來了，已經把他們的媽媽扶起來坐在床緣。時間總是被他拿捏得非常準確。他開始洗菜備料，半個小時後就能完成簡單的晚餐，然後他去把嫂嫂抱上輪椅，她那因為半癱而羞愧無言的歉意，剛好也在這個瞬間來到他的眼前。

一九九九年深夜，沉睡的地牛翻身時毫無預警，先是埋藏深土下方的石塊相互撞擊，他因而聽見了山間傳來哭泣般的空鳴，緊接著岩塊從山巔崩落，地上的水泥梁柱應聲腰斬，房子最後才跟著倒下，像一群被處決的戰犯失血殆盡後，下意識裡找不到自己的膝蓋才跪倒下來。

他醒來後成為家中唯一的生還者；新婚妻子不算，她在那場集體舉行的鄉葬之後，攔了一部順路的工兵車逃回娘家了。

他在物資分配站拿了兩瓶水，一瓶沿路喝到大橋後方的冬瓜山，一瓶放在他父母和哥哥的墳前。幫人看墳也是那時候才開始，因為不必過度用到腳，蠻力只用在劈草的鐮刀上，兩個月後他發現自己還有餘力，才把哥哥的遺孀和兩個幼兒接濟過來。

妻子回來看過他，除了離婚協議書，帶來了兩隻土雞和她父親剛收成的稻米。她一直看著他的斷腿發呆，好似期待他的褲管已經長肉回來。但他還是對她充滿感激，因為沒有太快生小孩，否則那天晚上也跟著安息了。

看墳是他唯一的收入。除草後的空檔裡，他就會徘徊在冬瓜山巒的兩邊，一邊看去是台中大都會的高樓遠景，回頭另一邊則是自己所居的太平鄉界，他就站在斷層帶的邊緣，這道恍如噩夢的鴻溝一路往東蔓延，戳穿到東勢、霧峰、草屯和集集這些鄉鎮，從此留下了慘痛的傷痕。

鄰人都誇他善良，沒有跟著妻子逃離，反而留下來照顧殘破的家鄉。

他不想聽到那樣的讚美，因為自己最清楚，其實心裡無時無刻不想離開。他沒有讀過什麼書，卻自認擁有生意頭腦，也一直希望賺到很多錢，有了錢就能自由自在，人不就是為了享有那種自由才勤奮工作的嗎？

如果看墓又能兼做生意，那應該就是這輩子最好的出路了。

他想到的念頭就是從山巒往西看去的那座城區，還專程勘查過一次，那地方空氣舒爽，人行道像森林小徑，每棵樹都穿著矮仙丹叢繞的圍裙，四處瀰漫著多重花香，連天上的雲彩都像電影裡的經典畫面那樣驚豔動人。

他向朋友借來一部小貨車，上面擺滿了田間批來的迷你盆栽，櫸木、槭樹和針柏之類的樣樣都有。生意就這樣開始了，這種綠色玩物儘管有人嫌貴，也有人抱怨養不久，但只要繞進台中七期所謂的新市政中心，那些豪宅人家出手都不講價，有的只派個女傭出來挑貨，像買幾顆水果那樣隨意自然。

小貨車雖然停在隱蔽的街角，路過的警察還是猛開了幾次罰單。

「你要擺在總統府都隨你，就是不能出現在這種地方。」

他只好隨時坐在駕駛座上，把車頂帆布掀到底，盆栽鋪在後面的板架上，保持著引擎不熄火，盡量放慢速度，想走又像留戀，慢慢穿梭在禁城般的街巷裡。

這時他才相信，那些帝王般的宅邸不是只有電視上才能仰望，竟然一幢幢如夢如幻地出現在他眼前。像煙火沖天的高樓巨廈就不用說了，光是巷弄裡那些別墅就像人家說的高潮迭起，有的院子進去之後還有院子，有的斜屋頂後面還有斜屋頂，有的門面樓牆全都是黑玻璃，像陰森森的一群黑眼睛，有時糊糊地映出他的小貨車緩緩經過的投影。

有錢真好。他覺得自己穿梭在天堂和地獄之間的兩個世界裡，忙完了墓區的草皮，剩下來的便都是去到天堂叫賣盆栽的時間。尤其到處泥濘的雨天寸步難行，他更提早開來了小貨車，穿著剛洗過而且燙得直挺挺的白襯衫，隨時瞄著後照鏡檢查自己的髮型，通常這時候他就會覺得——如同警察說的，這種地方，好像自己也能乾乾淨淨地走進來了。

天際轉陰的午後，雨下不來，四周有一種暗啞的空靜感，老鷹都飛走了，氣氛不尋常的詭異。他把耳朵貼在墳草上，正搜尋著地牛是否翻身的疑訊，突然一部高輪的休旅車從狹道硬闖上來，像一陣亂流攪動了死靜的風，旁邊的竹林跟著騷動起來。

休旅車停在一棵果樹下，兩個女人下來。年輕的拿著皮包，老的戴著太陽眼鏡，她一身銀亮的洋裝在轉身間頻頻射出了閃光。

青年繼續除草，他用的是手動的大草剪，沒有油耗的壓力，剪兩下，要停就停。然而這時真想停下來呢。他偏著頭看去，多希望每個雇主都是這種貴婦，祭的一定都是大墳，花錢也不小氣，像買幾個迷你盆栽那樣隨意自然。

她們挑著好走的穿道上去，出現在另一邊的高丘時，他的視線就被一排雜木擋住了。他拾起大草剪，忖著日頭西移的時間，忽然聽見遠遠的女聲朝他喊過來。

「就是叫你啦。」那個拿皮包的說。

他從丘上橫越過去，拿皮包的望著天空說：「東邊是在哪裡？」

他指著後面一團團凌亂的遠山。

「夫人，那就對了，」她對著貴婦的背影說：「墓碑是東南向。」

「嗯，算命的真準，說他現在很孤單。難怪呀，沒有人幫他掃墓了。」

青年低頭一看，才發現自己站在一個超大的墳圍裡。這裡曾經是他經常路過踩踏之處，乍看只是爬藤蔓草一片荒蕪，沒想到下面躺著貴婦正在說的另一個人。

他趕緊跳出雜荒掩沒的磚欄，這時貴婦卻把他叫住了。他感到非常不安，她的墨鏡看不進去，只知道自己的狼狽一直被她盯著，她這種墨鏡臉如果沒有露出表情，看起來實在冷漠得嚇人。幸好她說話了，指著坡下的墳頭說：「那些看起來比較像樣的，都是你整理的嗎？」

他趕緊用力打直了彆扭的左腿，內心充滿了感激。

「明天開始，你就替我看這個墳，把它弄好看一點。」

她招手叫他過去站在身邊，指著山下亮晃晃的城區說：「你告訴我，台中現在最貴的房子是在哪裡？」

他伸手一指，覺得還不夠真誠，試著想要傾身向前，哪怕下面已是垂降的斷崖。然後為了表達由衷的感謝，他的指尖用力在空中緊緊按住，就像那年捺下離婚印章時那樣地捨不得離開。

「嗯，沒錯，我就住在那裡，白天很漂亮，晚上卻跟這裡差不多。你知道嗎，我每天對著玻璃看著外面的街景，就像一個老人那樣，雖然沒有買過你的盆栽，起碼認得你這張臉，這樣你就知道我是怎麼過日子了。」

他帶著她們走下墳丘的時候，平日擅長的語句全都塞在嘴裡，只覺得世界真小啊，真想回頭再仔細瞧瞧她身上的貴氣，然而這時她的聲音已經追下來了，「你把這些雜草全部清理乾淨後，記得把碑文抄下來告訴我，到底是哪個妖精偷偷把他埋在這種鬼地方。」

評錄

〈妖精〉、〈斷層〉兩篇，都寫貌合神離婚姻制度之外面目從未親見的第三者，題材相映成趣。〈妖精〉看似消遣第三者如何妖美終須一老，實則暴露搖搖欲墜的婚姻，徒守法律支配而不肯放手，換來何嘗不是終生折磨。〈斷層〉震後餘生的年輕人，既給荒墳除草，也進城心兜售盆栽，看盡錢之天堂與死之地獄，富人若缺幾分愛，也不比死人快活多少。兩文分別由不快婚姻關係長大的兒子，以及失去家庭愛情之信的看墳青年來做主述，冷靜也透澈，王定國的小說，材料尋常，視角卻絕不平常。

《九歌一〇三年小說選》主編賴香吟

訪友未遇

愛可以死。愛也是冷靜的事。

1

很多年了。每逢夏季或深秋，她會在度假的海邊給我寫信，有時只寫半張紙，有時卻又意猶未盡，在撕下來的空白頁裡寫滿了她對我的祝福。剛開始那幾年，雖然她已結了婚，我仍抱持著渺茫的希望，尤其當她傾訴著婚姻的苦悶，或潦草地吶喊著海風多熱啊、一個人的屋子裡多荒涼啊，那種無端被她撩起的瞬間，我真的會以為她在對我呼喚，暗示著我們之間或許還有某種可能，某種幽微的情愫那樣不可告人。

我沒有回過信給她，因為沒有地址，郵戳上只能看到模糊的字樣，因此不難想像她就算還有愛意，卻並不那麼期待我的回音。通常她都是寫好了信，夾在行李中一起打包，等著在歐洲從事貿易的丈夫終於回國，才把那些隔靴搔癢的祝福帶回台北丟進了信箱。

後來我才明白，那只是一種驕傲的寂寞。其實她過得很好。

我一直沒有結婚，大抵就是因為這樣的緣故。

我大略說完後，喝一口茶，有點後悔這樣告訴她。

聆聽我說話的是新婚的妻子，不久前我還稱呼她幽蘭小姐，這時卻已是婚後的第一個假日，接近黃昏的寂寥的下午。從我們並肩而坐的小茶几可以看見門口的小玄關、亮著燈光的浴室以及牆邊那張稍已陳舊的床，美其名為我們的新房。我本來提議要去看看新家具，她卻只想要聽聽我的羅曼史，於是我就只好這樣了。

「她長得怎樣？我還想再聽。」

「哪有怎樣，就是那種女生的樣子，該忘的我都忘了。」

「那如果有一天她來找你呢？」

「羅曼史都是失敗的，不然我們怎麼會坐在這裡？」

「難說吧，你們的感情那麼多年……」

她沒說完，看來也不想說了。再來也就沒有新的話題。陽台盆栽的葉子這時突然哆哆響，飄起了八月的小雨，陽光卻還是很亮，房間裡幾乎沒有隱蔽的地方。大概是為了掩飾她這無端而起的醋意，她拿起茶壺去沖水，先在浴室裡摸索了幾分鐘，出來時拔起電壺，沖了茶卻還站在那裡。房間就這麼小，她的側面和背影一目了然，細肩頭，小小的圓臉，遲遲沒有走過來，看起來就是有點走不過來的樣子。

隔天下午她打電話交代，要我下班後自己吃飯，她要出去走走。

我沒吃飯就回來了，果然發現她已不在茶几旁等待。

房間裡並沒有明顯的異樣，屬於她的衣物本來就很少，因此也就不覺得她已經帶走了什麼。出去走走聽起來就是一種散步的路徑，不可能走遠，也不至於莫名失蹤，因此我決定躺下來等她。我認為她頂多只是順便去購物，就像婚後的女人出門買瓶醬油就回來了。

我從恍惚中醒來時，房間已經暗了。坦白說，我還以為她已經回來躺在床上，貓也會躺在床上，所有的疲憊、憂傷、無處可去的身軀都是來到床上才能得到安息。因此我在準備開燈的瞬間還是充滿著僥倖的，以為她就只是蜷縮在黑暗中罷了。直到後來我走進浴室裡沖臉，發現洗臉台上她的牙刷已經不再並排著我的牙刷，這時我才開始感到驚慌。

我仔細回想結婚四天來對她做了什麼。真的沒有什麼。我還是認為不該太過著急，她說要出去走走也就表示她會回來。我們認識才兩個月，不曾有過熱絡頻繁的交往，就像兩片葉子只是隨風吹來疊在一起，難免就會因為彼此的動靜而稍稍感到一點點飄零。

當然，不可否認的，這片葉子突然飄走了。

兩個月前的下午，店門外來了一個老婦人，她先貼在玻璃上探著臉，走進來後就直接坐到我面前。街角這家眼鏡行是我和友人合開的加盟店，門市業務平常不歸我管，偶爾午後人多時我才跑到櫃檯來幫忙。

我問她要什麼，她說她是蔡太太。

「老厝邊啦，想起來否？就是阿強的老母啦。」

我好不容易才想起皺紋底下這張臉，趕緊招呼小姐倒茶來，她喜孜孜地忙說不要麻煩，一仰臉已喝到了杯底，看來走了很遠的路，領口和肩膀上的白碎花都濕透了。

我不知道她是不是要配眼鏡，瞞著什麼好事那樣神祕地瞧著我，難得把家鄉事寒暄完後卻又突然變成耳語，嗓聲壓低再壓低，還用手掌把那張嘴巴圈起來。

原來是來說媒，說的正是幽蘭小姐。

蔡太太在這節骨眼小聲說話是對的，可見她也知道我的處境，四字頭的歲數雖然說老不老，唯獨娶妻這種事早就過了時，一個男人既然已經獨身來到秋季，以後的歲末寒冬要怎麼度過其實早就想好了。

但她卻已開始敘述著幽蘭小姐這個人，說她活到這把年紀，還不曾看過那麼貼心乖巧的女孩。到底有多好呢，她把嗓門再壓低到只剩氣音，從那女孩的小學年代說起，多麼懂事的孩子啊，她媽媽從來都不用替她操心，直到現在母女兩人還相依為命，寸步不離喔，當然也就沒有經歷過什麼男女的愛情⋯⋯。她愈說愈沙啞，看來一時半刻別想等她說完，然而她霸著櫃位未免也太久了，我只好偏著頭招呼其他剛進門的客人，不料突然聽見她揚聲說：「哼，汝是不相信，抑是看不起我這老伙仔？」

為了不讓她失望甚至惱怒，我只好認真問那女孩多少歲，提醒她萬一才二十來幾，那就別怪我挑剔喔，先說好，我不吃天鵝肉，也不想在別人背後變成笑談。

她很高興我又重回主題，也頗認同我的理念是那麼謙卑，頻頻點頭表示稱許，且在這時緊緊地闔上了嘴，神祕地朝我伸出三根手指，繼而一想，大概覺得不安，總算勉為其難追加了兩隻手，而且全攤開了，那小小的尾指因而顫抖了一下，她趕緊把它摺進去，於是其餘的九根手指便浩浩蕩蕩地呈現在我眼前。

然後笑咪咪地扳回她的劣勢說：「比你較少歲啦。」

蔡太太回去不到兩天，緊接著我的母親和兩個妹妹已發動攻勢。二妹率先發難，直接來電對我撒野，說要糾眾包車來堵我，除非我答應見人一面，否則別想出門去上班。接著就是大妹，已經是兩個孩子的媽，語氣總算沉穩多了，「哥，不要再這樣下去了好不好？」

母親則是押後打來，說她為了這件事，決定找時間來看看我。

每次見到她，不論是在鄉下、後來的小鎮或在夢中，我都禁不住想哭。我抵擋不住這些空中的砲火來回轟炸，決定就在第三天主動聯絡了好整以暇的蔡太太，且在她欣慰又勤快的安排下，在一家飯店的咖啡廳見到了單獨前來的幽蘭小姐。

她穿一件簡便的灰色長洋裝，中等偏瘦的身材，外表看不出那年紀，但也很難說她不是那年紀。大凡人生徒長到這個歲次，眉眼間難免就有一種倉皇不安的時間感，那絕對不是因為疲憊或哀傷，總之不可能還像天真少女除了天真之外什麼痕跡都不殘留。幽蘭小姐當然也談不上美，甚而可說有點不美，幸好頗難得在她臉上有個特色，雖然臉型不大，卻在那顴骨下方延伸到嘴角上緣之處，很可愛地膨著粉粉的嬰兒頰，這很可貴，再美的酒窩也是要凹進去才美，它卻像個鮮桃那樣軟嫩地直接凸顯，一看就知道以後會是個被疼愛的人。

蔡太太交代不要問到年紀，其他沒有交代。因此我便喝著咖啡開始聊起過去從事過的一些雜瑣職類，然後再讓話題回到現在為什麼開了眼鏡行。我甚至暗示我們店裡每年寒暑假都會舉辦一些優惠活動，最近已開始進入旺季，忙到學校開課是絕對要的；至於平常淡日雖然清閒但其實不好過，每天打開門就得算計收入抵得過房租否？何況既然是租來的店面，當然每天晚上睡覺時錢照算，房東生病還是房東，我們這種做小生意的就只能配配眼鏡，但就是不配生一場病。

我雖然一再謙卑地攻擊自己，卻也不敢忽略初見面的和諧。我問她平常愛看什麼電影，對這次選舉有什麼看法，天蠍座的吧，看起來好有氣質，需要再來一杯飲料嗎？可惜幽蘭小姐好像不太喜歡談自己，她聽我說完某個段落時總是趁機喝點水，然後抿抿嘴，直到眼睛對上我的眼睛時才又趕緊避開。以她這麼拘謹的性情可想而知我們不會再有進展，這反而讓我整晚精神奕奕，反正只要漫無邊際說些話就好，人生的緣分有時就只是這麼倉促的一瞬間，若以後還能再見恐怕也是天涯海角那樣遙遠了。

當然，幽蘭小姐偶爾也會對我微微笑，尤其聽我說著生意場所的趣事時更且充滿著好奇。她的眼睛瞇起來很好看，有人是瞇起來就變成了小眼，她則只要瞇起眼睛就會顯露出一種很有意思的嫵媚。這很特別，文文靜靜的臉蛋通常不可能這麼撩人，而且看起來好像也不是刻意的。為了證實她這瞇眼的樣子是否純屬一兩次而已的僥倖，我每說完一件趣事就會像抓扒手那樣趕緊看著她的眼睛，可惜當她發現我又在看它，馬上又帶著那抹羞怯的眼色逃到我的領帶上。

「妳是不是很喜歡這個小別針？」我翻起領帶說。

她點點頭，「嗯，小小的黃菊花。」

「送妳。」我從領帶上拔下來遞給她。

她沒想到我會這麼做，又驚喜又猶豫，遲疑了半晌才謹慎地合起雙手來捧住它。於是我接著說：「妳知道嗎？我退伍當天臨時買的。當兵的時候每天看到的就是滿山遍野的這種黃菊花，因為山坡後面就是海嘯，所以我只要看到菊花就會特別想家。」

「嗯。」這次的回應更簡短，好像我說什麼她都能體會。

接著我又拉雜說了些多餘的事，說完也就忘了到底說了什麼。

我想蔡太太那邊應該就沒話說了吧，氣氛相當愉悅，誠心和誠意都做到了。人生哪次的見面不就是這樣的萍水相逢，有緣就多相聚，無緣也能做做普通朋友，若是無緣又沒巧遇，那又何苦還要在這人生曠野的悲風中鑽木取火。每個人都有自己的苦楚，我相信幽蘭小姐一定也有，想必今晚她也是拖著沉重的心情來，誰不想在青春歲月裡就擁有一生繫命的愛，誰願意那麼多年後還要勞煩一個蔡太太，好像都是被人挑剩的，何等幸運才又這樣臨時湊合起來。

幽蘭小姐把那菊花造型的別針放進皮包後，時間也來到十點了，我客套地問她是否想要早點回家，她竟然馬上說好，且已經動身準備站起來。

「我有開車，可以順便送妳回家。」

她其實有點想要答應，因為看來就是很想答應的樣子，但她卻又頓了一下，突然想起什麼而自語著說：啊，不用不用不用，真的不用，接著瞄了手錶一眼，大概又擔心我誤會，忙不迭地低聲解釋說：「剛好有一個朋友要來載我啦。」

我和幽蘭小姐便就是這樣分手的。

當我從地下室開車出來時，隔著玻璃卻還是聽見了一陣陣瘋狂的沙沙聲，這才發現外面下著很大的雨，雨刷急速橫掃後只能看到模糊的街景，這不禁使我心裡一震，很擔心今晚的見面不太完美，萬一讓她淋到全身雨，傳到蔡太太耳裡還能聽嗎？

飯店前的雨廊下擠著一簇躲雨的黑影，一輛輛計程車把人載走後，我還是沒看到幽蘭小姐的身影，想了想可能也是自己多慮了，說不定她已搭上了友人的車子離去。於是我就不再停留，準備穿過飯店大門口直接開往回家的路。然而就在這時，廊下突然有個暗影朝我的車子衝過來，猛抓住怒海中的浮木似地，匆匆扳開了後車門，跨坐進來後我才知道是個女人。她不斷拍打著身上的雨水，低著臉簡短地喊了一個模糊的路名，然後說了聲謝謝。

我轉頭一看這個冒失鬼，完全沒想到，竟然就是她。

車子當然沒開動，因為她讓我看傻了眼，同時我又想到她發現後一定也會覺得很丟臉，這時我如果出聲可能就會嚇到她，不知如何是好，只有等著她先把身上的雨水擦乾。

果然她擦到一半時已發覺不對，立即抬起頭探視過來，我根本還沒轉身面對她，已經聽見從她慌張的胸臆中呼嘯而出的驚叫聲，啊的一長聲，淹沒了這仲夏之夜驟然來到的暴雨聲。

那天晚上我沒有送她回家。

然而事實卻又已經擺在眼前，兩個月後她已成為了我的妻子。

倘若要我還原那後半段的場景，或者甚至容許我選擇一個重來的人生，我想，我還是尊重那天晚上的記憶就好，其他任何改變命運的途徑對我並沒有多大意義。我寧願就像現在，面對著空空的房間等她回來。她當然會再回來，因為我們之間還沒有愛。有愛才麻煩，有人就是因為曾經愛得太深才會一去不回。沒有愛就沒有苦，頂多像我現在的心這樣空蕩蕩，活著雖然就像死了，至少還能空蕩蕩地活著。

還是先讓她上車吧，我們幽蘭小姐還困在那麼窘迫的暴雨中呢。

在那無比狼狽的當下，她頻頻向我道歉，很羞愧把我當成了司機而急著想要下車，然而門一推開，雨彈馬上又猛射進來。我趕緊出聲留住她，她才縮回大腿，沮喪地低下頭。我問她回家怎麼走，卻還是一樣的那聲——不用了。

「妳告訴我先走哪一條路就好。」

「真的不用了，我要去醫院。」

「妳怎麼了？」

「我媽在那裡住院。」

我問了哪家醫院後，把車子開到前面街角準備調頭，聽見她又不斷地致歉著。大概為了彌補這虧欠，她總算開始說起自己的事，但由於車頂上太大的雨聲，她說話的聲音大半都被打碎了，因此我只能斷續聽見那幾個模糊的斷句：住院兩年，癌症末期，沒有其他人，不能全職上班，每天去陪伴，睡在醫院，等等諸如此類。

坦白說，我那時的心情是有些怨怪的，喝咖啡時不早說，讓我整晚為了氣氛得體一直搜索枯腸。急著要去醫院那又何必來見面，偏偏那麼倒楣下起這種雨，這算哪門子的緣分或巧遇，簡直就是自找的困境，隱瞞到非說不可的時候都說不清了。

但也許她那些話並不是說給我聽，而是在這雨中獨自責備著自己。我從昏暗中的後視鏡裡偷偷看著她，果然發現她只對著車窗說話，整個人灰灰地縮成一團，衣服黏在胸口，邊說邊打噴嚏，肩膀一動好像又有雨水從她的頭髮滴下來。

我把冷氣關掉了。

車子像條船慢慢划過積水的街道，兩旁的商店漸次熄滅了迷濛的燈光，騎樓下不斷有人冒著雨跑出來揮車子，再遠一點的就看不見了。這個場景是多麼荒謬又陌生，卻又那麼逼真，使我不禁一陣毛骨悚然，總算讓我慢慢連結起來了——我不得不重新想起這幾天突然冒出來的蔡太太，緊接著是對我窮追不捨的我的家人，然後就是車子裡的這女人——而我們剛剛喝完了初相識的咖啡正要去醫院。

可不是我想得太多，而是該說的她已慢慢透露了，其他不能說的大概還是只能藏在她心裡，恐怕就是和我一樣的處境，被一種可笑的現實逼迫而來，終於喝下了這樣一杯暴雨中的咖啡。遲婚的咖啡就是這麼苦，喝完了還不算，一場驟雨又把兩個人關在一起。

雨還是沒命地下著，前後兩人默默看著窗外，密閉空間逐漸滯悶起來。我不知道她是否也感受到了，靜默中似乎有個哼不出來的旋律正在迴旋，像一種吶喊，卻又沒有聲音，是那種說不出來的、小心翼翼的、不想被任何人聽見的聲音。

當我看著她碎步跑進醫院大廳時，那不斷迴旋的聲音還在車上，一直到我終於不慌不忙回到家，就在轉動著鑰匙開門的瞬間，那有點哀傷的旋律總算清清楚楚穿入我的耳膜，然後直接告訴我：她需要你。

兩個月後，我看著她披上婚紗，在她母親的病房裡戴上我的戒指。

病房裡沒有很多人，都是我的家人。我母親和我岳母合照，蔡太太趕來補上一張，三個老人上百條歡欣鼓舞的皺紋擠在一起擁抱。由於我的岳母只能躺在床上，其他兩個老人只好彎身往下趴，彷彿正在嘻嘔著一個新生的嬰兒，彼此笑得吱吱叫著，一時忘了白色婚紗裡還有個流淚的新娘。

2

幽蘭也把手機帶出去了，然而她沒有開機。

自從請了外籍看護，以及由於結了婚不再勤跑醫院，她每天就開著手機追蹤病房訊息。既然把它關掉了，我想或許她就在醫院裡。

我趁時間還不晚，匆匆趕上了探病最後一班，病房裡卻靜悄悄，門縫裡瞧進去只有阿雅坐在角落削水梨。我招招手要她來到門外，「噓，小姐有來嗎？」她搖搖頭。我說我想進去坐坐，但妳千萬不要把病人叫醒喔。

阿雅似乎覺得很有趣，她們家鄉那邊大概很少有人像我這樣的神經質，竟也跟著我躡起腳來，忍忍地小聲說：「睡很久了，會醒耶。」

我擔心的就是她會突然醒來，一旦發現幽蘭不在，肯定懷疑我可能對她女兒怎樣了。她哪知道眼前這女婿也算難得了，婚禮那天比誰都著急，滿頭大汗拉著新娘趕到病房時，發出病危通知的醫生對我豎起大拇指。他的意思不難懂，只有凡人才能創造這種不平凡，我把死神嚇跑了。

岳母身上本來全都是管子，多虧了那場閃電婚禮，這時已不用戴著氧氣罩，雖然何時會再發警報很難說，但至少那愁苦的眉頭已經不再緊皺著，好像被一股欣慰的神采化開了。

我拿來一把小凳子坐在床邊，順便等著她的女兒會不會突然走進來。其實我很想告訴她，一切都是陰錯陽差，只因為剛好那天晚上下著雨，我才有機會見識到三十九歲還那樣孤單無助的幽蘭小姐。那是我第一次感覺到自己被需要，而被需要是那麼重要，我還不曾看過一個人被需要時能夠無動於衷。畢竟被需要與被愛不同，被需要是一種活下去的價值，反而愛或不愛才會使人想死。

我也很想讓她知道，這麼多年來，曾經對我表態的女性不知凡幾，而我都錯過了。我曾因為不小心瞄到咖啡桌下那雙美腿只是多了幾根腳毛，馬上就說不出話來。我也遇過那種閉月羞花的女人，只因為她握筆寫字的樣子很怪，後來就沒有再見面。也曾經有個難得愛看書的女生，整晚一直說著村上春樹，我也覺得非常討厭。我還碰過一個大手筆的媒人，一次帶來兩個雙胞胎，坦白說她們的母親一定是個大美人，我隨便挑個姊姊或妹妹絕對都是上選，可惜那種壓迫性的美又讓我想起往事，當場我也退卻了。

男人的愛一旦曾經被糟蹋，他很可能就會在那種傷痛中度過殘生，而不是再去糟蹋他所不愛的女人。我想表達的是在我眼中，幽蘭小姐並不屬於愛或不愛的那種典型，她是以她純樸的笨拙以及一種使我相當心疼的憂愁打動了我，也就是在那暴雨的當下，她讓我看見還有人和我一樣的困境，那已不再是緣分與否的問題，而是命運。

在我旁邊的阿雅靠著沙發床快要睡著了。

其實我也覺得對一個生病的岳母說這些話太過荒唐，人生還有什麼非說不可的呢？有些事一說出來就不能藏在心裡了。

於是我又默默地走出病房。

醫院幾乎就是幽蘭暫時的娘家，我已想不出她還有什麼親人。她只有兩個常聯絡的好友，一個卻已嫁到國外，另一個住在偏遠的島嶼之南，剛好都是一時半刻她無法到達的地方。那麼，她所謂出去走走應該就是不用搭車的距離，那又何故留著衣服只帶走牙刷，未免太詭異，根本猜不出這是什麼想法？

我離開醫院後特別繞到廟宇末端一個荒涼的廢墟，幽蘭曾說很多年前那裡是個富豪家族的宅第，一場火災後連圍牆都已塌光了，只剩幾棵燒焦的老樹苦撐在空曠的庭院裡飄搖。她有一次去廟裡祈福順道經過那裡，才發現其中一棵枯木已爬滿了從旁寄生的攀藤花，從此她只要假日有空就會去那裡藏身，有時坐一下午也不會遇到人，黃昏時才拾起書本走回醫院。

廢墟的夜晚是更幽暗了，我卻忍不住就在幽暗中小小聲喊著她的名字，死靜的四周無人回應，只有腳下的落葉不斷被我踩碎的聲音。我不知道她為什麼常來這種地方躲藏，她的過去難道和我部分的記憶是重疊的嗎？若是真的這樣，我們最終還是會再來到同一條路上吧？

我從原路退出來時，不知道為什麼，心裡一陣陣苦澀的惆悵，這時我才發覺我們雖然沒有愛，卻有某些看不見的東西都被她帶走了。一個人本來還能簡單過日子，兩個人突然變回一個人就很難了。

我不禁開始自責起來。閒聊中我那無心透露的羅曼史可能傷到她了，本來以為既然結了婚，說說自己的小事應該無妨，何況那也只是個完全和她無關的女人。我怎麼知道女人最在意的還是女人，也許就因為那女人和她毫不相干，反而引起她更多漫無邊際的猜想。

我真該告訴她，故事歸故事，有些說不出來的，就算放在故事裡也說不出來。或者既然已經說起了故事，我就不該截頭去尾而讓她徒生錯誤的想像。她寧願和我關在午後的房間裡，應該不是那麼想要聆聽我的羅曼史，總該還為了某種她自己也說不出來的什麼，譬如藏在她心裡的疑惑：我們這樣的婚姻可不可靠，能有多久，會不會只是個玩笑，你突然和我結婚是因為對我的同情嗎？

很有可能她會這麼想，畢竟這男人對她來說太陌生了。

四天前在病房裡拜別她的母親後，大家馬上拖著她趕赴餐宴，一桌坐不滿的親人中，雖然每個都和她見過面，但也只見過那一面，難怪看著她就像看著一個鄰人剛搬來，想要對她好不知從何好起，只好張口結舌，個個繃著一張臉無聲地笑著。而終於穿著紅衣服的我母親，只顧對著幽蘭稱謝，滿臉都是那些擦不乾的淚水；兩個妹妹則頻頻對我擠眉弄眼，大意是要我多說話，不然就是盡量夾菜給新娘。

後來當然還是勞煩了蔡太太幫腔，她趕緊穿插了幾則來路不明的新婚趣談，總算把這其實有點生澀的場面撐到終於苦盡甘來。

然而幽蘭的生疏感卻到曲終人散後還沒鬆綁。明明已經調暗了房間裡的燈光，她的眼神並沒有跟著暗下來，反而炯炯地瞪著天花板，時而對我的動靜一眼又一眼偷偷地看著。我只不過脫掉了熱死人的西裝外套，她已經把手掩在睡衣領口上了，光這小舉動就升高了房間裡的緊張，彷彿敵人已來到城下，還等不到誰來通知她是要關城門還是喊投降。

她的生疏還不只這樣，身上的衣物雖然後來還是脫了，卻又趕緊轉身背對著我。說她羞怯其實又非常嚴謹，彷彿防備著旱季的深井被盜取，一手護在胯下，一手擋住胸口，說她抵死不從也許稍誇張，但那一副僵硬緊繃的模樣看起來真的就是要抵死不從。

我們雖然並不是為了這種事而結合，然而不做這種事又能如何一起走進哀樂的人生。她似乎也明白這個道理，後來也就順從地轉過來倒在我的懷裡，可是也就那樣靜靜躺著罷了，什麼動作都沒有，就算要她靠近再靠近還是撩不起那種擁抱的激情。

而當我總算進入她的身體，聽見的卻是一聲短促的「喔」。

隨著我每次的動作，她也明確而僵硬地再哼一聲「喔」。沒有什麼情緒的喔，就像一聲聲事不關己的痛，彷彿那是別人的身體，借她的嘴喔喔幾聲不知如何是好的無奈。

我無意挑剔床笫間這種不對榫的窘境，何況這種事也不可能對外人說。任何一個男人儘管好議論或愛吹噓，總把家裡的房間事當成一種禁忌，畢竟這與男人在外狎妓萬不相同，夫妻間的親密或疏離都屬於男性的尊嚴領域，很少有人會在茶餘飯後拿出來洩自己的底。

像幽蘭這樣對我如臨大敵的姿態，被人知道了還以為我們賣弄著假兮兮的浪漫風情，實則從她那樣異於常人的畏懼，我暗暗為她感到一種非常不捨的悲哀，雖然她有多少不堪往事是我無從想像的，但我能確定的是她不曾有過青春少女的快樂時光。

我很想她。

我離開那處廢墟後，車子停在一家速食店的空地上，開始沿著人多的馬路到處走，一路上只顧著迎面而來的臉孔，也一直想像著走在前面的那些背影是否就是她。我走了幾條街後才發覺又來到醫院門口，只好回頭再去找車子，然後慢慢開車回家。

在那茫然的亂走中，我打定主意，等她回來會把故事好好說完。

我當然會略過早逝的父親，也不打算訴說鄉下的童年，畢竟窮苦人家的潦倒大致相同。為了生存，我們搬到鎮上。陽光照不進來的屋簷下，我母親擺著麵攤，而我幫忙照顧兩個年幼的妹妹。故事是否要在這裡打轉，我還不確定，畢竟生活的困頓遠比想像的還多。我母親在那當時還算是個年輕的寡婦，因而只是一個小小麵攤就引來了很多喜歡裝醉的男人。我應該不必敘述自己的母親是多辛酸，沒經歷過辛酸的女人不可能會在老後變得那樣慈祥。我倒是願意說說那兩個淘氣的妹妹，她們上了高中還像個小小孩，每天醒來卻要先趕到公路局車站，搶在第一班巴士發車前把清潔工項做完。因此，天未亮我就騎著一台經常拋錨的摩托車載她們，矮個子的二妹擠在中間，大妹坐後面，她負責披一條防水布緊扣在我肩上，一路隨風飄揚躲警察，也因此度過好幾年那樣颳風下雨的冬天。

那時我已休了學，回到鎮上兼了兩份工，每晚做到深夜還是惦記著趕回家寫信，寫著孤單的窗邊長長的信，寫給我一直離不開的那女孩，她繼續留在我休學的城市裡念大學，而我只能寫信思念，一直寫到入伍通知單終於寄來。

就在畢業那年夏天，她總算決定趁我當兵前要來見我一面。

幽蘭最想聽的、而我其實最不想說的，當然就是這裡。

我母親那天早早收掉了攤子上的麵菜鍋盤，兩個妹妹也穿上了新買的裙裝，老木頭的樓梯在那天午後被我們蹬得咚咚響，跑上跑下的一家人頻頻對撞在狹窄的梯間裡，一個個歡天喜地不知如何地傻笑著。時間愈近就愈緩慢，慢得屋角四周完全靜下來，只剩眨呀眨的眼睛彼此對看著，然後又嘻嘻傻笑著。即使二十年過去了，那幾雙眼睛依然還在我的傷痛中閃爍，像一隻隻蜻蜓的薄翼停在冬天的枝條上顫動著。

幽蘭昨天聽到的，有關那沒頭沒尾的羅曼史，說的就是那女孩。故事裡的她就要出現了，就要從我們小鎮河邊的路口走過來了。那是我們相隔很久之後的見面。也是最後一面。

嗯，我就是知道她會回來。任何一種離開至少都有最後一次的回來。只是我沒有想到會在接近凌晨的這深夜，開門動作很輕，用腳尖進來，停在小玄關望著漆黑的房間。房間和她出門時完全一樣。只有我不一樣，我回來後一直清醒著躺在床上，使她誤以為無聲無息的我不會醒來。

她沒有擾動空氣，這是她的心意，而且她也沒有開燈。

她可能會先走進浴室，也可能只是回來拿件衣服。那麼，她將會走到床後面，那裡緊挨著小小的塑膠衣櫥，裡面吊著秋天的夾克，和兩條裙子，還有幾件疊在一起的短夏衫。如果她想喝水，我已煮好了水。只要暫時不讓她知道我在等待，這就能給她慢慢摸索的時間，她坐下來喝水的時候還能想想自己或想想我們，想想我應該怎麼做，或者我們應該怎麼辦？

結果她和我想的不一樣，只像個沮喪的小偷看著空無一物的房間，或者也同時看著我。我倒是不擔心被她注視著臉，闔著眼睛應該就不會洩漏感情，而且我相信眼皮的顫抖不見得也會在黑暗中顫抖。

這時她卻悄悄挪身過來了，突然隔空把她的臉停在我的胸前。我感覺不到她身上的重量，她忽然沒有了重量，只用她的髮尾輕輕滑過胸口，沒有發出任何一點點聲音。

也許我應該睜開眼睛了。但我真的很想她，我很怕一睜開眼就中斷了我對她的想念。萬一她只是回來道別的呢？何況我自己還在悲傷，滿腦子都在整理著即將讓她知道的往事，如果毫不猶豫就起來面對她，這將使我來不及脫離故事裡的悲傷而忍不住流下淚來。

我應該先弄清楚她要做什麼？通常有一種離別是用輕微的探觸來表達不捨的內心，然後拎著行李走出家門；也有人是因為絕望，因而只是完成一種儀式性的抱別，從此不再有任何牽連。我不知道她這舉動屬於哪一種，這使我更加難受，儘管我很想要翻身起來抱住她，可是我又懷疑她並不想要那樣，也許她真的只是回來換一件衣服，很快又要從這裡走出去。

但此刻她似乎已經撐不住身體的重量，耳朵就像聽診那樣地緊貼下來了，然後是她的臉，那鮮桃般的臉蛋竟然冷得像一塊冰，像冰鑽那樣震到了腳底，把我全身那些頑固的、連自己也非常討厭的神經一下子驚醒了。

「對不起，把你吵醒了。」她對著我的胸口說。

我準備起身開燈，她說不用了。

「你知道嗎？現在是十一點五十九分，還沒超過一天，我趕回來就是要讓你知道，沒有超過一天都不算離開。我本來一直想要離開。」她用哭過的聲音繼續說：「可是最後我還是想通了，你無緣無故對我這麼好，我不應該太任性拋下你，除非你也希望我這樣。」

我還是很想開燈，不太習慣沒有看著她，這會讓我覺得是在黑暗中對著某個陌生人。但她按住了我的手，「我自己好可怕，好悲哀，下午的時候竟然想到我媽為什麼還沒死，如果婚禮那天她就死了，我就不怕被她發現是不是離婚了啊？」

說完她放聲哭了起來，早就哭過的聲音已不堪再哭，哭得壓在身上的重量起起伏伏地震動著。而我被她按住的手卻開始發抖，大概是連著她的顫抖一起發作的，只好趕快反手過來緊緊把她握住。

然而她並不期待我回答，仍然用她哽咽的聲音說：「我一整天都沒有離開這裡很遠，就一直走在路上，看到的人好像都是寫信給你的那個人。我沒看過她的長相，就更懷疑每張臉孔都是她。你知道我在說什麼嗎？就算你已對我那麼坦誠，但我怎麼知道你的腦海中已經沒有別人。如果我決定要回來，你是不是應該答應我一件事，帶我去找她，只要讓我看看她的樣子，哪怕只是遠遠看到她，我相信以後我就不怕了。」

「我真的不知道她在哪裡。」

「在海邊。」她說。

3

幽蘭一早忙著午後就要出發的行程，我已答應由她做主。兩個月來還不曾看到她這麼有精神，真像個快樂女人，除了準備路上的點心，還帶了兩頂遮陽帽、一瓶防曬油以及梳洗用品，簡直就是出門度假兼野餐。

我們沒有開車，她選搭火車，終點站卻又沒有海。

「到台北再租車，這樣明天去海邊才方便。」說得有道理。

我不知道她那麼喜歡搭火車，一路專注著車窗外的景色，一看再看還是那些綠色山脈、方方的水田以及時不時從她頭上的天空飛過的鳥群。偶爾火車慢下來即將靠站時她又東張西望，很好奇那些跑來跑去的小販賣著的東西。火車進入山洞則是她最期待的，一百年沒搭過火車的女人，眼睛先閉起來，急著又張開，黑暗中緊靠著我，過山洞後才又縮回她的肩膀。

「以前最怕這種黑，緊張得好像快要撞到山壁了。」

說著笑了，然後等著下一個山洞。明滅之間的車廂玻璃映出她的臉，那是微瞇起來的倒影，像在奔馳中偷偷地和我道別。一個又一個山洞。一個又一個倒影。她使我想起有一次在女生宿舍樓下的等待，只不過就是等待著那女生從樓上走下來或是剛從外面走回來，別無所求的我，只等著那一場冷戰中她能給我一點點笑容。

是這樣諷刺，二十年後的幽蘭要我一起去找她。

「你放輕鬆嘛，就當作我們去拜訪一個朋友。」

「我給妳名字，上網找她說不定比較容易。」

「那不一樣，是我們一起去，一起。」

出門前她是那麼認真，那麼愚蠢的天真，明知那是沒有地址的海，還是堅持要從海邊找出那個人。我隨她的意，昨晚在她的哭泣中答應的，除了去海邊，我還答應把更完整的故事說給她聽。既然注定是個什麼都沒有了的故事，說了出來又能再少掉什麼，只要她不再那麼莫名消失就好，走了一整天的路，不就是和我一樣的無路可走，那又何必還要走呢？

火車穿過所有的山洞後，她果然不忘回來自己的軌道上，慢慢打開了料理店的盒子，夾了一塊壽司塞到我嘴裡，自己也津津有味地聳聳肩，然後振奮著說：「好了，開始說故事囉，我好想聽。」

嗯，說故事。男人只剩下故事，大概就像一棵老樹只剩下枯枝。我還是相當懷疑她是否真的想聽，她想聽的應該還是那段語焉不詳的羅曼史，畢竟那裡面只有別人，她的困境終究還是在我身上，否則不會走了一天又走回來。

好吧，說故事，但願能說得節制，聽起來不再悲傷的故事。

我開始說了。我先讓她知道河邊那間房子，畢竟那是我們住得最久的地方，自然也是故事的終點，不像別人的歡樂都沒有終點。我們住的是一間老舊的磚屋，上面搭著夾層木造房的違章建築，由於房子後面一小部分跨著河岸，遠看就像一間隨時會掉進水裡的吊腳屋。

然後說起了賣麵的母親，兩個當時還那麼幼小的妹妹。

那樣困頓的歲月裡，我們一直熬到兩個妹妹從清潔工變成了車掌。大清早我還是騎著愈來愈老的那台摩托車，讓她們趕上往南或往北的第一班發車時間。然後，我停著不走，遠遠站在騎樓下聽著她們驕傲的吹哨聲。有時二妹會邊吹哨子邊瞟著我眨眨眼，大妹則老是把哨子吹得很急，然後用她另一隻手頻頻往後朝我甩動，無聲地大喊著快走啦、快去上班啦那樣的神情。

火車即將抵達台北時，雖然故事早已說完，我卻還保留著幽蘭她最想知道的一段，那也是任何一個生命都會無言以對的羞恥與黑暗——那女生終於從河邊那個路口走進來了。

幽蘭這時不再瞇著眼睛，不知何時她已揪緊了雙手。

那天午後，我母親忙著把一直雀躍著的妹妹攔在樓下，不讓她們跟著上樓湊熱鬧。我母親在那當時只顧著內心完全充滿的喜悅，根本沒有察覺我那微弱的愛其實正在被瓦解。嗯，那女孩爬著灰暗的階梯時，我就知道了，爬得很慢，我很想回頭拉她一把，然而我的手就是撈不到她的手。

當一個人不被需要時，連一隻手也不會被需要。

但我還是繼續滔滔不絕，爬到樓上後，我告訴她每晚坐在哪裡寫信，每晚想她時坐在哪個窗口遙望著河岸淒迷的燈光。後來我還示範了一個東西給她看，那是我自己設計的一種類似火箭筒的拋線器，只要一按鈕就能把整組的釣線和蟲餌準確拋到下竿地點。我驕傲又謹慎地讓她知道，這個獨門釣技來自孤獨深處迸發出來的靈感，就是它陪我度過了那極漫長的孤單時光。

我以為她會喜歡。當我們想要盡全力愛一個人時，我們甚至連最卑微的也會奉獻出來。當時的我就是這麼想的，是那麼興奮地想要和她分享，因此，就在她疑惑的眼神中，我把整組釣線拋射出去了，接著把釣竿的握柄固定在窗台，然後開始等待著竿頭上那用來測知魚訊的小鈴鐺，期待它真的就在這個時刻，或只要再過幾秒，或者遲早總是會來到的某個瞬間，終於在她耳邊叮鈴叮鈴響起來。

「那是最難熬的寂寞，鈴鐺一直沒有響，我們也沒有說話。」

幽蘭聽到這裡，緊緊地握住我的手。

「我母親和兩個妹妹都在樓下等，雖然我也不知道她們到底是在等待著什麼，但空氣中就是飄浮著一種快令人沉不住氣的死靜，好像即將發生什麼，又好像其實已經全都發生了。而我那最小的妹妹，竟然滿嘴還在小小聲催促著：『快響啊、趕快叮鈴叮鈴響啊、快快響起來啊……。』我在樓上都聽見了。」

「後來呢？」

啊，後來。「後來我們四個人就看著她的背影離開。我母親推我一把，要我趕快上前陪她一起走到車站。但很奇怪，那天下午不論我多麼想要走快一點，兩條腿就是沉重得跨不出去，那時我就是知道，她已經走進一個非常遙遠的世界，從此不會再來了。」

這麼不像話的故事，幽蘭還沒聽完已經噙滿淚光。

車站附近有一家很老的小飯店，我們投宿在那裡，由於設備十分簡陋，樓下也不再供餐了，卸下行李後，我提議出去外面走走。

幽蘭對這熱鬧城市相當陌生，這使我覺得自己還能揮灑，我除了讓她知道沒有念到畢業的那所大學，還指給她看以前的書店一條街、歷久不衰的補習大樓，以及我不說當然也不知道的二二八紀念公園。

我還提起那年隨著部隊移防回來時，從基隆碼頭下船後就是乘著軍用卡車經過這個城市，那晚的自由空氣清新無比，滿車都是蠢蠢欲動的禁錮與渴望，唯獨那時的我已經沒有夢，兩眼緊閉在蕭瑟的風中，只等著卡車跨過大橋後把我那些殘存的記憶帶走。

「那時你已經每天晚上穿著襪子了嗎？」

她問得太過突兀，這問題使我啞口無言，幸好附近正在挖管線，就算回話也是滿口的噪音。我們繼續走，來到一個安靜的小公園，我指著一塊招牌告訴她，「我們預約的租車公司就在那裡，明天不能睡太晚喔，第一站先到宜蘭，往東大概只能開到附近的鼻頭角，太貪心就跑到花蓮去了。其實只要不離開台北太遠，北海岸還有很多地方都可以走走，金山、淡水那邊也有很多景點，反正到處都是海。」

「這樣就能找到她？」

「妳想想看，大海撈針能找到什麼？」

「那為什麼要來，昨晚你應該拒絕的。」

我真想告訴她，不知道為什麼，我只有對她不會拒絕。一個女人趕在半夜裡回來哭泣，總有她說不出來的愛與不捨，否則她就不會回來了。如果她真的就是最後的伴侶，我還有什麼理由要拒絕她。

我擔心她的情緒又低落下來，難得已把故事說完，她對海邊那女人的印象該也不會好到哪裡，接下來只要不再讓她無故離開，這倉促的婚姻差不多就能否極泰來了。

於是我接著轉移話題，開始吹噓我的眼鏡行：我相信只要特惠活動繼續趁勝追擊，明年或者最慢後年，至少也是不久的將來，我們將會擁有一間真正屬於自己的房子，那時妳愛怎麼布置我們的新房都隨妳了。

我說了這些卻沒有奏效，她竟然又提起了襪子。

「你知道為什麼我突然想要離開你嗎？」

「我不知道。」

「襪子，你一直穿著襪子。這種八月的夏天，不分日夜，你連睡覺也穿著襪子。我想了很久，一直想不透，到底那是什麼陰影，讓你又穿襪子又作噩夢，睡到一半突然坐起來，好像就要套上鞋子跑出去了。我不敢問，但是又很害怕，一直穿著襪子不就是隨時準備要跑掉嗎？」

「穿習慣的襪子，就像穿著睡衣一樣。」

「不一樣。小時候我父親每天都揹著賭債，經常半夜叫醒我們趕快逃。有一次冬天，我來不及，因為找不到襪子……」

「來不及？當時妳就應該先跑再說了。」

「襪子不是很重要嗎？」

啊，到底多重要的襪子？

「討債的人堵在我面前，問我在做什麼？我說我在找襪子。他說要不要幫妳找，我跟他說不用了，可是這時他突然蹲下來，把我身上的衣服一下子拉到肩膀下……」

說著紅了眼眶，沒有看我，看著人來人往的街道，「你一直脫不掉的襪子，是不是就像留在我身上的陰影，如果有一天你也突然說要離開我，我想我還是會一樣來不及……」

我們這時還在路上，路上的人影全都模糊了。我沒有想到她會說出這樣的事，說著說著卻又沒說完，突然轉身過來靠在我的肩膀上，眾目睽睽，只好把臉鑽進了我的臂彎，然後哆嗦起來。

都該怪我，都是我的襪子所引起。竟然只因為一雙取暖的襪子。然而就算剝掉了我的雙腳，我相信那種冰冷的感覺還是會流竄全身，與其那樣，穿著襪子總能想像它能帶來溫暖，即便有時還是抵擋不住那種來自愛的悲哀。

那麼，幽蘭應該也是一樣的吧，沒有人知道的痛永遠是最痛的，難怪煎熬多年後那件事還在心裡糾纏。我匆匆抱緊了她，說不出什麼安慰的話，也不知道是要怎麼安慰，只能壓抑著內心的震驚，無聲地在她背後猛點頭。

一切都明白了，我心裡說。

在這擾攘的街聲中，沒有人聽見她說了什麼。不被聽見的內心永遠都是孤獨的。或者就算被聽見了，由於只是關於襪子而已的事，也就無關於任何人了。

就只是她的襪子，和我的襪子。

我們後來沒有用餐就直接回到飯店，由於一種忽然來到的傷感，兩人都不再說話但也不覺得應該說話。空氣中已經沒有那種生疏的氣味，我看見她匆匆擦掉了淚水，轉身過來讓我看著她破涕為笑的臉，那麼一副想要非常勇敢的樣子，眼睛又微瞇起來對我笑著，像要讓我知道一切都過去了。

「對了，」她突然說：「點心都沒吃完，就當作一餐好嗎？」

她看我猛點頭，渾身一下子輕快俐落起來，忙著拿出袋子裡的那幾樣東西，這才發現窗邊的小圓几雖然可以擺放，卻只有一張茶椅。我以為她會要我去坐在那張椅子上，而她就像前天聽著羅曼史那樣走來走去。結果她並不這樣了。她指著旁邊的床，然後看看我。或不如這麼說——她指著我們前幾天去過了卻很快又折返的黯淡的桃花源，然後看看我，等著我來表示意見。

於是，幾分鐘後，有點沉重卻又那麼喜悅的衝動中，我們來到床上了，兩個人靠攏著兩雙腿，上面鋪著白浴巾，就這樣歪歪斜斜擺上了冷飯糰和可樂餅之類的小點。

那麼寒酸的一點點晚餐，最後還是沒有吃完，吃到一半就把它挪開了。

結婚以來，認真說來，這是我們第三次擁抱，在這兩百公里外的異鄉。

我一次又一次摸索著她不曾那麼柔軟的身體，也非常訝異她能完全裸裎而且不再畏懼，她曾經找不到的那雙襪子，好像在這一刻終於找到了。穿不穿襪子本來就是無關於苦難的，然而人生的苦難往往就是留下最小的象徵而成為永遠的傷痕。

我一直親吻著她圓潤的臉頰，難得看著它回復了鮮桃那樣的紅。她的眼睛則從一開始就緊閉著。其實我也知道當我貼在她的身上，她不可能沒有偷偷睇著這男人的汗背或者略灰的頭髮，或者至少悄悄觀察著這傢伙是否真心愛她。

我倒是希望今晚她就一直緊閉著，就像她所害怕的山洞那樣，所有的歡愉不都是經過漫長的黑暗嗎？她最害怕的應該也是她最想要穿越的，就像現在一樣已經穿越了。

整晚再也沒有那一聲聲無心無意的「喔」。

洞房那夜她用別人的身體，今天晚上她以她自己。

我們起得晚了，趕到宜蘭只來得及簡單的午餐。

幸好她沒有抱怨，不過也蠻訝異她沒有抱怨，她似乎已經忘了為什麼今天要來海邊。午餐後的遨遊中，海邊的高丘上不乏那些岩灰色或藍白相間的度假別墅，她卻一點都不認真看，只在有意無意間掠過了幾眼，那飄忽的神色甚至是帶著敵意的，一陣風吹來就把她的注意力吹散了。

比起火車，看來她更喜歡沙灘，一下車就連跑帶跳直奔大海，遠遠站在沙灘的末端等著浪潮來，卻一看到小小的浪花就急著往回跑，於是只好繼續等潮來，然後又繼續躲浪花。

我穿著鞋子，當然也穿著襪子，一來就蹲在乾沙上看著她所追逐的海。沒有風浪的海是多謙卑的海，就因為那麼平靜才讓我看見了那些船，一艘又一艘從我的視野中漫遊而去。

我沒有趕時間，就一直看著她往前往後地跑跳著。我完全沒有想到她會這麼喜歡沙灘，不知道有沒有人只喜歡沙灘而不喜歡海，沒有風浪的海才像完美的戀愛，我自從碰到風浪後就連小小的沙灘也非常不喜歡。

不喜歡沙灘的人大概連其他什麼都不會喜歡了。我的世界也就剩下眼前這個躲浪人，像個笨蛋那樣地空跑著，真懷疑她跑到現在根本還沒有沾到一點點海水，膽子那麼小，裙底都被那些螃蟹看光了。

為什麼昨天打算離開我的時候只帶走一把牙刷呢？到現在我還找不到機會好好問她。我是一定要聽她親口說出來不可的，難道我的牙刷真的不配並排著她的牙刷？

先讓她跑累了再說吧，笨蛋才那麼喜歡沙灘。

年度小說獎得主為王定國的〈訪友未遇〉，因為書寫裡成功掌握短篇小說的侷限篇幅，以悠長緩慢的自信節奏，細緻迷人也精準內斂的語言，逐步地描述著一個暗隱的內心傷痛，同時展現出人與人之間，依舊能夠相濡以沫的溫暖情懷，是能夠有著宏觀大氣，卻身姿謙遜的優秀作品。

此外，王定國捨棄直接控訴現實、選擇以影寫光的書寫風格，讓我們見到在華人百年小說發展裡，某個程度過度籠罩在魯迅藉文學以救國族的寫實主義長久影響，得以往著類同自然主義方向移轉的可能。這樣書寫的特殊處，就在於能從幽微處下手，以見出大宇宙的鏡照，手法精妙卻毫不炫耀，有時甚至流暢平淡到會教人不小心就視而不見地疏忽掉。

那麼，這樣的文學，又究竟有何好處呢？我個人尊敬的小說家宋澤萊，在一九八八年前衛出版社個人作品集的序言裡，曾這樣寫道：

提及自然主義文學，在大學時期我就知道它了，在未十分了解寫實、浪漫、超現實、意識流這些文學作品之前，它就被我喜愛了，並且懂得它的內涵，這種藝術是擯除主觀、直觀，以客觀的態度來平鋪題材的一種藝術。……最重要的是自然主義者一直努力揭示罪惡警惕人，而居然可以完全不帶說教的味道。

此階段的宋澤萊相信小說「只能張著眼睛，注視悲劇的到臨」，因為「世界的真貌其實就是那樣的」。這種相對來講顯得宿命的客觀與退讓態度，可能恰恰是對於另一浩瀚抽象世界（命運、神或上帝），因為尊敬而自然顯露出來的某種謙卑，此外也常可藉此冷靜的距離，抽離開或會導入涉入過深的此刻現實。

於我，王定國的〈訪友未遇〉，就是這樣時代價值的展現。

《九歌一〇七年小說選》主編阮慶岳

生之半途

如果妳肯愛我，我願意答應不要活太久……

要去的地方是深山裡的佛寺，對我來說是相當不便的遠行。

由於未曾去過那種深嶺之地，自然無法想像它的遙遠與陌生，網路上說客運終點站沒有提供接駁車，因此建議還是開車前往較妥。但我認為這畢竟是睽違多年後的見面，惠一定也贊成我悄悄來就好，直接驅車上山恐怕會驚擾到她的寧靜。

同時我也需要閉目養神，坐在車上還能想想自己的這半生。

幾經斟酌後，我在午後搭上了南投客運。

由於接到一通非見不可的電話，我只好臨時請了事假，也把陳小姐叫來面前，用小小聲的語調交代一些極瑣碎的事務，譬如下午送來的資料如何處理，哪個案子暫時不要回覆，下班時間到了不用等我……。

其實我底下還有主任可以交託事務，直接對她差遣未免有些曖昧，但我衡量再三並沒有超出公事範圍，而且以她那樣年輕女性的純真應該也不至於聯想太多，這才鼓起勇氣說了那幾句悄悄話。本來還想告訴她如果路上有人推銷特產或什麼紀念品，我會記得買一份給她，但又想到這很危險，一聽就知道我想對她好，於是又打消了主意。

可是我又覺得這是多餘的顧慮，她雖然文靜卻很開朗，不像有些女性面對男人總是過度防禦。就拿公司六個部門經理來說，一般職員稱呼經理就是經理，她對我卻總是一疊聲，經理後面會再多加一聲或兩聲。剛開始我以為那只是因為她心情好，大概又想到什麼文案創意才那麼急著要我聽，然而後來卻還是經理經理經理……這樣地叫著，聲音愈小就愈像呼喚，有時回味起來簡直就像貼心的吶喊。

但儘管是那樣的親暱，平常我還是用嚴肅的態度面對她，絲毫不敢直呼她的本名，因為這種太過自然的叫喚很容易使自己忘形，稍有不慎就會洩露過度喜悅的感情。因此一直以來，即便所有的同仁早就直呼她的名字，我還是寧可戒慎恐懼，一概冷靜無私地叫她陳小姐。

自從離婚以來，我不曾再呼喚過任何人。

客運巴士半個車廂沒坐滿，我正清閒地想要闔上眼，這時卻在市區載到一個婦人，上車來像隻鴨子搖晃著，走近時才發現她滿臉的皺紋大約七到八旬的老態，兩手各挽著灰藍色的拼花包袱，腋下夾著顯然過大的提袋。我的前後座和左側還有很多空位，她卻跌跌撞撞擠到我身旁，兩件行李剛落下，車子一開動就把她傾斜的上身晃撞過來。

這種天氣尚驚來山頂。坐定後她已開始說話。雖然很像自言自語，卻又邊說邊看我，嗓子還算宏亮，我就算緊貼著窗玻璃還能聽見她期待回應的尾音。她說每三個月就要換一個地方住，大兒子在基隆賣海鮮，老二在埔里種火龍果，她最怕冬天輪到寒冷的山區，沒想到這次真的又輪到這裡。

唉，想想咧，我嘛是卡愛去嘉義……。

我聽不懂她的意思，但還是點點頭，只希望她別再說了。

當我們承受著自己的困境時，多少還有一點餘力去關懷別人，然而一旦自己也成為了悲哀的別人，除了感傷還有什麼心情去聆聽。我看她一開口就停不下來，只好搜尋著其他位子，斜對角的窗口就有兩個空位，但她和她的行李卻已經把我移身的空隙塞滿了。

這時她又談起女兒，說她女婿最近已點頭答應，只要再一年後的寒冬，她就可以住到他們溫暖的嘉義。喔，是這樣啊，我說。她發現我有回應，馬上抓起了腳底下的包袱，說要找一本相簿讓我分享，手上的提袋一時無處可放，竟然把我當成了小孩，直接就把提袋放在我的大腿上。

年後我已五十歲，我對這小小的舉動突然充滿了感謝。

我一直沒有再娶，最大原因就是年紀。

剛開始，也就是離婚後剛開始，我去哪裡吃飯都要想很久，想妥後還要從貓眼看看電梯口有沒有人走動，有時只是鄰居的寵物跑來跑去也不敢開門。其實我不邋遢。有的獨身男人都有一種寥落的頹喪感，我卻沒有，出門上班或吃飯都是長褲襯衫固定一式的衣裝，穿好了還梳理一下頭髮，不管天氣冷不冷都會抹上一些面霜，務求走在路上讓人覺得神采奕奕，看了就會相信這男人的一生並沒有太多惆悵。

但我真的不知道該去哪裡吃飯。我很羨慕那種獨坐在餐廳吃飯的男人，他為什麼可以不擔心別人的眼光，不怕被人發現已經被迫離婚了嗎？我更無法想像他要怎麼點菜，點一道菜雖然寒酸，但是點第三道時難道不介意吃不完？而且竟然可以一點都不悲傷，還叫了一碗湯。

我後來總是走進巷子，不是靜靜的巷子就是比較陰暗的巷子，最常吃的是什錦麵或一碗排骨飯，不然就是菜色比較凌亂的自助餐。我喜歡拿著餐盤跟在別人後面排隊，那很像一種硬要活下去的卑微，反而使我更勇於多夾幾樣菜放進盤子裡，然後低著頭默默吃完，回家後再把剛剛穿好的衣服脫下來。

偶爾上班前，我也會帶著空飯盒到街攤上裝些炒麵，然後在必要炫耀的時刻拿出來當午餐。由於曾經向人吹噓我的幸福，打開飯盒時我會露出滿足的微笑，然後埋頭吃著愛妻便當，吃得很開心但也不忘隨時保持隱密，遇到有人走近時就把盒子稍稍蓋起來。

但有時我卻不得不又把炒麵原封不動帶回家，這是因為陳小姐剛好也帶來了便當。她曾在午休前問我要不要一起蒸便當，我當然說好，卻忘了炒麵其實沒什麼重量，果然蒸了那一次差點露出了馬腳。

經理經理，你的飯盒裡面是什麼啊，只裝空氣嗎？

後來只要她又問我要不要蒸便當，我就說今天剛好沒有便當。

其實我很想和她坐在一起午餐，她的飯盒是那種孤單的蘆葦色，而衣服的色澤很像就是專為蘆葦搭配的芥末黃，當她坐在隔著三個桌面的斜對角打開飯盒，那優雅的秋色簡直讓我整顆心蕩漾。我雖然只能撈著麵條，但我的心，貪婪的眼睛，還有整個風平浪靜的腦海，竟然就會開始漂浮著不知如何是好的喜悅，覺得我們就算不太可能結合，但事實上我們已經坐在一起吃飯。

陳小姐最讓我感動的是她也很乖。她雖然年輕，條件好，常有人送花，可是一點都不驕傲。她靜靜吃完便當，收拾好，去一下洗手間，很快就回來趴在桌上睡覺。那次我吃完炒麵本來也打算休息片刻，卻又想到和她一起趴著很容易使人誤解，於是只好拿本書來看，翻頁的動作還特別輕微，完全不敢有一點聲音擾動她的睡眠。我覺得這樣的時刻最溫暖，可是卻又說不上來是為什麼溫暖。我想這就是愛。

然而在這女權高漲的社會氛圍裡，我這年紀的男人已經很難再表達愛或喜歡，任何一點點輕舉妄動都有可能被認為猥瑣，即便陳小姐那麼親切也不太可能例外。年輕女性都有自己的未來夢，她從小到大好不容易成為一朵花般的女性，不就為了趕上人生的花季，從眾多追花族中挑個如意郎君走上紅毯。

只要突然又感到焦慮，一定就是腦海裡又翻湧著這樣的悵惘。

旁邊的歐巴桑這時又說話了，她看完女兒的家庭照，開始介紹嘉南平原綠油油的風光，照片裡一大片的油菜花田，一個年輕女人追逐著孩童跑在油菜花掩沒的田埂上。這查某人就是我啦，她說。真耶，這哪有可能，我說。真正就是我啦，她說得胸有成竹，我只好多看一眼，體態那樣輕盈，可想而知那時她還是個年輕的母親，她要是知道老後的今天還要奔波兩地討飯吃，幾十年前這張臉還笑得出來嗎？

她大概覺得累了，說有一件事要拜託我。

若到埔里汝愛提早叫我喔，我舊年睏過頭，醒起來茫茫渺渺。

我本來想回答，卻又擔心她說不完，只好默默點頭答應她。

腿上這老婦人的手提袋，惠就有個類似的老款式，跳蚤市場揀回來的便宜貨，拿在手上當成了寶。婚後三年她終於擁有了自己的穿衣鏡，也是因為謀職就業需要稍稍注重儀容外表，才在我的催促下跑到大賣場把鏡子扛回家。

長長的穿衣鏡靠著床櫃用一條花布遮下來，掀開後她就站在那裡試裝，但她不會一直對著鏡子，而是穿好了衣服才到鏡子裡看看自己，否則總是先把自己的裸身掩在牆邊，像一隻鳥醒來後還躲在樹葉裡。

兩個月後她開始上班。

那家公司專賣各種運動器材，兩側大窗展示著各型跑步機，後面則有一長排的按摩椅。我曾看到有人坐在那裡按摩，而她站在一旁解說，一手拿著型錄抱在胸口，另一手示範著遙控器的按鈕。她長得不高，啊，不就是陳小姐那樣的身高。但她穿著高跟鞋，那雙小腿偏離地面，硬撐著窄裙裡微翹的小屁股，走起路來像要去摘星，蹭著蹭著彷彿就要飛上天際。

半年後她已不再那樣蹭著了，開始展現了一種使我迷惘的性感。

再後來，我走過那一整排櫥窗時，已經看不見站在那裡解說的身影。她被調回到公司總部，雲深不知處，只知道她從事一種以她的外貌而言相當得體的職務，有時跟隨主管去視察工廠，有時協助追蹤團購訂單，忙到回家後就把自己縮成一團，像一朵花盛開後完全合起來。

那段時間我也發覺她好像長高了，她就像冬去春來自然抽長的苗栽，裸露的小腿不再需要高跟鞋，腰間體態已變得輕盈又柔軟，簡單套上短洋裝就有一股嫵媚飄逸在頭頸之間，剛開始我以為那只是幻覺，沒想到後來的每一天幾乎都有同樣的幻覺。

終於有一天她很晚才回來，一部黑色的車子送她來到巷口的路燈下，她下車後卻不急著回頭，不像一般人通常都因為心虛而趕快轉身，她只顧站在窗邊說話，說了很久才慢慢走進幽暗的夜色中。

惠那時三十五歲，而我認為那是應該被原諒的年紀，何況那時的我連一個主任職位都還沒沾上邊，我們之間還能擁有什麼，除了愛，剩下的就是存摺裡的幾千塊，如果連愛都沒有，那就什麼都沒有了。

因此那天晚上我不敢聲張，我從陽台匆匆跑回到床上躺下來，蒙上了被子才把眼睛悄悄睜開。我一直等到她的生日那天晚上，和她一起吹熄了蠟燭，從她背後輕輕抱住她，這才知道為時已晚。雖然那只是夫妻間極自然的親暱，她卻彷如觸電，全身倏地一震，兩手拳曲而緊靠著胸口，我以為那是她慣有的嬌羞，結果卻不是，我的手被她推開了。

喔，不要這樣，她說。

她說不要這樣的時候，聲調急促閃爍，且帶著幾分驚恐，連她自己也很訝異會那麼說。但好像已來不及了，兩個人一旦太快跑到終點，就不知道還能從哪裡出發了。蛋糕上飄著那幾根殘燭的半縷煙，空氣中嗆來了燭火熄滅後的焦蠟味，她把自己關進了浴室，我只好獨自一人默默切蛋糕，把小小的蛋糕切到不能再小，吃了其中特別為她許過願的一塊，然後等著她從浴室裡走出來。

後來她一直沒有說話，擦乾眼淚就去睡了。

我們經常半躺在床上，謹慎客套地交談，彼此悄悄等待著疲憊的睡意，不多久房間裡就會在一聲哈欠後陷入寧靜，這時她就會趁機轉身，對著自己的小鬧鐘採取側睡，我則蜷曲著身體躺在她的背影裡。

我們沒有明顯的傷口，因此也就更難醫治內心的痛。她似乎已經發現了我的發現，才會在那天晚上回來後的半夜裡默默坐在床頭，沒有心情更衣卸妝，一直看著房間裡的動靜，看了很久突然把燈關掉，一動不動直接躺在黑暗中。

後來她把想說的話寫在信裡，一大早用限時掛號投寄，準確地讓我在下班前收到她的訊息。信裡只寫三個字，對不起，底下再也沒有字，頗像一張白紙還沒有動筆。為什麼她不寫張紙條放在餐桌，或像電影裡用一支口紅塗上化妝鏡，或只要在手機留言就能傳遞簡單的聲音？原來那封信有玄機，那不是普通的一封信，對不起是暗示終止，底下的空白則象徵一種無言的通知，預告著她將在那聲道歉後離去。

然而當時的我還沒有那樣的預感，我甚至還多寫了一段，妳只要平安就好，不要覺得虧欠，工作太累就回來休息，我們還是要把最重要的守住，就算再窮也要守住，寧可回到我們原來的樣子……。

我繼續微笑面對她的敵意，畢竟我很幸運大她八歲，有著穩重氣度足以承受她從花花世界驀然回首的身影。同時我也把這一年的春聯換了別家的字，一聯吉祥話，一聯內心話，讓她每天回來看得見，讓她穿鞋出門時也看得見，隨時都有機會為我們的將來多看一眼。

沒想到最後還是來不及。

別人的離散或許因為情感破裂，她則因為羞愧，索性違逆到底。

最後那個晚上，我沒頭沒腦來到附近的台菜餐廳叫了一桌菜，直到服務生問我需要幾碗白飯，恍惚中我才終於想起她並沒有跟我一起來，她並不是去找停車位，而是去了一個我不知道的地方，從此沒有再回來。

我一口菜都沒吃，桌上一直擺著兩雙筷子和兩個碗。後來我請服務生替我打包，然後沿著餐館前的馬路慢慢走回巷子，沒有人影的巷子，只有一大蓬別人家的紫藤花蔓延出來掩著月光。我就在那塊暗影下突然感到兩腿發軟，只好趕緊蹲下來，顫抖著把所有的壓抑吞進肚子裡。

有時我出去吃了午飯回來，陳小姐已經趴在抱枕上睡著了。

那可愛的抱枕墊在她臉下，睡得很沉，睫毛緊貼著一條線的眼睛，十幾顆草莓圍繞著小小的臉。很少有女生午睡時願意朝著男人的座位，她卻沒有這方面的顧忌，寧可讓我看著她的沉睡，也不想面對人影晃動的大廳空間。

對一個涉世不久的女生而言，我覺得這是信任。

其實她也可以不睡，和那些女生出去吃飯順便看看櫥窗，或吃了飯回來玩玩手機或修飾指甲。但我發覺她更喜歡安靜，因為從我身上散發出來的嚴謹使她感到安心，否則別說午睡，很多女生根本不看主管的嘴臉。

剛來報到那天，還像驚弓之鳥那樣，整個臉埋在抱枕裡。

她是從公司內部轉調過來的，起初應徵的是品牌行銷部門，辦公室躲在電梯右側一條通道的盡頭，那裡除了訓練一些菜鳥，平常也作為廣告主和某些訪客的接待廳。我曾在那裡上過兩堂培訓課，四周窗台布滿了植栽，看起來就像站在綠色叢林的郊外。

就算以前曾經看過她，坦白說沒有留下任何印象。

結果她在那邊只做了八個月，被那位藝術家經理的暴烈性格嚇壞了，遞出辭呈後，公司卻認為她有滿腦子的清新創意值得栽培，才說服她轉調來我這裡繼續上班。

而我差一點就錯過她。就在她來報到這天早上，我受傷請假，左手托著右手去了一間很有名的國術館。我猜想就在那個當下，當我正在包紮著傷口的時候，這個陳小姐彷彿剛剛來到世上，且她正從電梯或某個路口走了過來，然後終於來到我突然不在的辦公室，因此也就不無可能一看到經理的位子空著，臨時反悔就當場走掉了。

巴士開上快速道路沒多久，已經有人拉著繩鈴準備在草屯下車。老婦人沒有聲音，我多看了她幾眼，發現她的嘴角會動才放心。看來很累，真的睡著了。

我舉著一大把棉花糖似的白紗布來到公司時，還是午休時間，平常的空位上多出了一個背影，趴在桌上，一聽到我的聲音立刻仰起臉，起身後急著拍打額上的壓痕，椅子差點倒在一旁。

她走近我的位子，不敢問我的手，大概以為每天我都這樣。
經理，我叫陳詩蓉，早上就來了，抱歉經理剛好不在。
哦，我知道，前幾天有接到管理處的通知。
那以後就請經理多多指導，我一定會很認真……。
陳小姐有實際發表過的企劃案嗎？
就是還沒有啊，所以聽到說要把我調來這裡，好緊張。
那就好好學，我會安排一組老經驗的來帶妳。
謝謝經理。經理，你可以和大家一樣叫我絲絨，因為詩要捲舌。
嗯，詩要捲舌……。我看著她，心裡苦笑，詩不捲舌又怎樣呢？
由於右手只能舉著白紗布的手板，茶癮卻又忍不住，忍沒多久只好請她幫我泡茶。我指著桌上的大陶杯，教她先燙杯，接著叮嚀放多少茶葉。她去了茶水間後卻不放心，乾脆帶著茶葉罐回來，舀滿一匙湊近我眼前，我只好像個殘廢的茶人，對著茶珠粒粒斟酌，要她減量、再減量……。
然而就在抬起頭的瞬間，萬分之一的人生的瞬間，我竟然瞧見了從她傾身的領口裸露出來的頸肩，白透透一片深雪，彷彿從那裡撲來了白鷺鷥的羽翼那樣的幻覺。

那畫面我一直沒忘，就在她的左耳垂斜對下來的頸側與鎖骨之間，一顆痣就在那裡棲息著，它雖然很小卻因為純白的襯底而格外清晰，好比就是破曉時分的天邊一粒孤星。

惠的頸側靠近鎖骨就有一顆那樣的痣，應該就是領頭痣，它和乳側另外一顆相呼應，兩顆小痣在胸口會合，然後一起進入遮蔽的星空，從而連綴出這裡一顆又那裡一顆的奇景。

那到底是有多少顆呢？惠從來不讓我一次數到底，以前最多數到八顆她已不耐煩地翻身，反正那些痣就分布在她的乳房、側背肌、龍骨、左腰以及恥骨邊緣，如今當然一顆都不見了。

陳小姐上班兩天就忍不住了，看似煩惱著泡茶日遙遙無期。

經理，你是怎麼受傷的，這樣要很久嗎？

她學我舉著朝天的手指，所說的「這樣」當然就是這樣的意思。

我笑笑告訴她，走在路上不小心摔倒，右手剛好插進水溝裡。她就相信了。哇，那會不會很痛，怎麼會這樣呢？經理經理，那以後你就儘管吩咐我好了，有什麼事都讓我來做。

我說好啊，謝謝妳。眼皮直跳著，有點錯覺她是她還是惠？

事實上，就在她來報到的前一天晚上，接到一通電話，手指就斷了。

離開四年後，電話中傳來了惠的死訊。

對方說已把她安置好，道義上還是要讓我知道……。

你到底是誰？我喊著說。

他沒有回答，哽咽幾聲後就把電話掛斷了。

我回撥過去時，接通又掛斷，掛斷重打，後來他直接關掉。

因而就在斷訊後的那個瞬間，無以名狀的驚恐的瞬間，我突然握緊了拳頭，狠狠地捶在牆壁上，像要穿破層層迷障，手掌背自然立刻皮開肉綻，連帶著小骨頭應聲而斷。

哇，那會不會很痛，怎麼會這樣呢？

當然會痛。但是痛得很不尋常，像把所有的悲傷捅進內心，痛到深淵而又延伸到眼前，一片漆黑，沒有掙扎就進入絕望，不像一般的苦難還要經過幾番無望的掙扎，好比就是故意不麻醉的拔牙，因為是故意，也就很像一種心甘情願的懲罰。

兩天後我去到鄉下惠的娘家，以為有個靈位供我祭拜，這才知道嫁女後的娘家沒有這種習俗。兩個老人也不讓我進屋，倚在門縫裡和我說話，怪罪我沒有給她過好日子，才淪落今天這樣的……，我岳母先哭，岳父則在一旁安慰，安慰不到幾句反而已經泣不成聲。

我又跑了幾個地方，包括她常聯絡的同學、結拜姊妹，還有那家運動器材商，知道的人說得語焉不詳，不知道的卻都慢慢知道了。後來我覺得不該再讓話題燎原，才停下來鎖定她最後任職的一家公關顧問公司。裡面的員工同樣支吾其詞，最後才有個男的承認和她喝過兩次咖啡，發現外面還有別人在糾纏，很快就跟她分手了。

問題還是又回到傳來噩耗的男人身上，然而再也找不到人。

聽說是在溫泉旅舍發現的，警方的搜查紀錄寫著當天獨自一人投宿，沒有人來找過她，服務生送進房間裡的晚餐都有吃完。我追蹤到那家位於山鄉的旅舍，老闆娘還是滿臉餘悸，且又擔心我是記者，上下打量後仍然不讓我看她住過的房間，僅只喃喃說著，別再問了，臨時起意的，幾條窗簾的繩子都被剪斷……。

黃昏的溫泉街的河畔，我在堤防上不斷地來回走，終究想不出為什麼她會這樣。離婚簽字的時候我還特別交代，遇到什麼困難隨時都可以回來，她當時認真聽著還頻頻點頭，一去之後沒有再回頭。

我一直等到河岸對面那幾盞旅舍的窗燈逐漸亮起來，四周吹來了更冷的晚風，總算不得不相信她真的已經走遠了，這才摸索著砌石的邊坡慢慢往下爬，然後沿著河堤小路走到樹林下開車回家。

受傷的手指好得太快，拆掉紗布後再也喝不到陳小姐的茶。

她開始過著不用泡茶的上班日，忙著協助各項提案的準備，和美工們比劃著想像中的構圖，等到一張張雛形並列出來評比時，我才和她們坐下來討論，必要時就用稍稍柔軟的語氣指正她。

如果想要和她獨處而又不論公事，唯有從外面帶來新的茶葉，利用解說不同茶葉的習性來進入私領域的話題。但既然手骨已經痊癒，實在沒什麼道理要她放下公事來聽我說茶，想想不免就相當懊惱著復原太快的手指。她為我泡茶的那兩個多月裡，雖然每次只有短暫幾分鐘，然而那種喜悅的瞬間卻又最接近幸福，有別於一個男人任何成就所能言喻。

唯一還算獨處的時間就只剩下每個上班日的午休，那毫無敵意的睡姿簡直就像躺在我身旁，可惜我愈來愈不信任每個一點二十分過後的時間，這時的秒針往往跑得更快，以一種反常的速度催促著她趕快醒來或者從我身邊離開。

後來冬天到了。過去的冬天只有去年最冷，冷到每天總有一條圍巾緊緊掩住她的脖子，那顆痣因而彷彿埋藏得更深，使我更變態地想要墜落在那深淵的雪地。

暮冬後的初春，陳小姐突然說要去旅行。

她報名參加一趟尋春之旅，那五天四夜簡直就是和我第一次的別離。行前已忍不住雀躍著，說她還沒去過日本，一去就是很遠的東北，一邊興奮地傳閱著行程目錄，傳到我手上時停在眼前不走了。經理經理，你說去過秋田縣，那有看到湖邊少女的銅像嗎？聽說要搭好久好久的車⋯⋯。我說，去的時候下著大雪，雕像變成了白色。那太可憐了，她說。我問她為什麼太可憐？她回答說不是下著大雪還要站在那裡嗎？

銷假上班時她卻忽然不像她，春天跟著她回來了，穿一件橄欖色的薄棉短衫，那貼身的垂度在她身上微微墜落，使得平常一無所有的胸前隨之凸起雙峰，活像兩朵要開不開的花苞挺立在深淵的崖邊。

從此我開始期待著每個禮拜三，她的穿著似乎開始有了輪值日，這件薄棉短衫剛好輪到天使來到人間的日子。她雖然不是很美的天使，但她絕對就是天使，她在我的悲傷逐漸消退時突然又喚醒我的悲傷，可見這女生多重要，惠雖然和她無關，但她和我的思念絕對有關，時間是那麼湊巧，彷彿就是一起來悼念惠的死亡。

我反而不喜歡她每個禮拜五的打扮，這天她的服飾變化最大，不是穿得性感就是隱約流露著一股狂野，而那通常就是年輕女性要去歡度小週末夜的訊息，因此當她站在下班後的電梯口說著再見時，我想到的卻是兩天後才能見到她。光是這樣每週一次那麼黯然的懸念，我就不得不覺悟總有一天將會失去她。

為了提早看到她，有時我會在假日無處可去的下午躺在牆邊軟墊上，任由思緒開始奔馳，想著那顆痣的座標和它生來對我的意義，然後想著這偌大城市的迷陣裡她在哪裡，她正在做什麼，她會不會趁我昏睡而突然闖進腦海，或在等著紅燈的某個路口想到我而噗哧一聲笑出來。

每每就在這樣那樣的空想中進入無夢之鄉，醒來時一片迷惘，房間裡光線黯淡，窗外街聲吵雜，這才知道又是一次黃昏前的徒勞，就像去了一趟空手回來的荒野，滿腦子只有路上的蒼涼。

我知道這很可笑，換一種說法這叫悲哀，但只要陳小姐本人一無所知，起碼我這一籌莫展的愛意對她毫無傷害。否則我也可以不要這麼卑微，我只要鄭重、誠懇、不計毀譽對她表白，我相信陳小姐應該不會馬上拒絕，她就算感到不安也會相當委婉，表面矜持，盡其羞澀或膽怯，或類似「經理你是發神經喔」這樣的白眼。但最終她不可能只是這樣，她會愈來愈尷尬，難以自處，接著就出現遲到早退、生病請假、另有生涯規劃……等等這樣的退卻，然後也是最後加速離去。

何況我已快要五十歲，臉頰已不紅潤，眼神含著失敗的暗影，儘管刻意挺胸走在路上，還是會在無人的角落暗自唏噓不已。這樣的我如何能再承受愛的失敗，惠要是看到我這樣的處境不會感到不捨嗎？畢竟是她使我這樣，本來我們走得好好的，怎麼知道走到岔路上兩個人都不見了。

過了雙冬橋，車速明顯轉慢，後來竟然停在沒有站牌的加油站旁，司機不斷道歉後突然溜下車，匆匆跑向加油站內的洗手台，原來他要去的廁所就躲在那後面。

若依照車站標示的抵達時刻，看來已經就是誤點了的行程。

但只要想到惠一直就在那裡，我覺得再慢也可以放心了。

在這滿懷期待的半路上，我想應該整理一下凌亂的思緒了，畢竟就要見到她了，我要讓她看到我原來的樣子，那是不論歲月如何催逼都不會改變的我的內心，當我終於來到她面前，她看到的就是當時她所離開的我，即使她已走過人世一回，我卻還在原來的路上。

我也將告訴她，六年來，我還是住在那裡，隔壁林姓鄰居已移民澳洲，對門的伯伯去年過世了；而她最想去的那家台菜餐廳，兩個月前已開始進行整修，聽說新店家將改走小家庭路線，不會再像以前總是要求我們和陌生人併桌。我想我們就是因為經常併桌才被人併掉了。

當然，惠可能一下子聽不懂我的意思。其實我也不是很懂。我可能會說得吞吞吐吐，而我真正想說的是，上個月，我已從那粗胚的木作中發現了一個隱密小角落，那裡只能擺上一張情侶桌，也就是說，我的意思是說，如果我還有機會坐在那裡，我想我將不會又成為不幸的戀人……。

也許我應該說得更明白——同樣的上個月，不知道為什麼，我突然夢見了陳小姐。我很想知道惠的想法。事實上惠可以對我霸道一點，只要她頑強地跟我說不，只要她願意用任何方式讓我知道她愛我，那麼我會繼續壓抑我自己，絕對不會嘗試去邀請陳小姐……。

惠每次來到夢裡總是狼狽不堪。事前不知道她會來，來的時候兩人兩雙淚眼，這固然是因為她已不在，主要還是因為她一來就喊冷，好冷啊你就讓我躲一下吧、好像到處都很冷呢、你一直跟我說話一直跟我說話好嗎？每次夢後第二天總是讓我沉痛一整天，可見這麼多年來她還是我所失去的一切，難怪一見到她馬上就從吶喊中醒來。

陳小姐忽然來到夢裡，則是因為頸下那顆痣所帶領。

或者應該說，是那顆痣帶來了陳小姐的身體。她第一次來是那麼小心翼翼，像個陌生訪客敲門進來，穿著顯然很冷的冬衣，房間裡沒有椅子讓她坐，她只好坐在床緣，兩手貼在膝上，一直看著惠的拖鞋。

她可能走了很遠的路，額上貼著濕答答的頭髮，仔細看了房間裡的動靜後，突然問我為什麼叫她來？我說沒有啊，我從來不敢有這樣的妄想，妳誤會了，這裡一直以來都沒有訪客，我一個人住早就習慣了。

那你是要我走嗎？

她等著我回答。而我不想回答。可是我又暗暗著急，難得她突然進來，將也會馬上起身離開。我想了一下，決定先去倒一杯水給她，然而等我端著水杯過來時，人已不見了。

床下卻已散落著她的鞋子襪子、短裙洋裝還有那件薄棉衫，以及冷冽的冬夜該有的圍巾、大衣、毛外套……，其實她並沒有穿那麼多，卻好像把她所有沒穿來的衣服一起脫掉了。

這時突然聽見她喊我的聲音，原來她已躺在棉被裡，從裡面伸出了一隻手，勾著手指要我過去。那幾乎就是撒旦的誘引，一看就懂了，她是來羞辱我的，就因為平常我一直對她充滿著無恥的渴望，才使她乾脆不顧一切脫下來的吧。

由於確實地，我對女性身體早已抱持著極度矛盾的愛與懷疑，因此我不敢直視，於是她那雙眼睛更充滿著故意，朝我眨著眨著那種輕薄的魅影。她看我一直站著，突然推開棉被下來了，果然是什麼都沒穿的身體，鏡子裡馬上映出她的小腿，接著就是略呈弧線的她的腿身，如果她再移近一點點，直接走到鏡子裡，那不就是裸露的惠從裡面走出來的原型嗎？

由於太過激動的緣故，太過感傷的緣故，或者也是因為沒有想到她會這麼露骨，我反而開始擔心她如果突然又改變主意，我就再也沒有機會了。因此我想，我不能再偽裝了，與其急得快要掉下眼淚，我是不是應該據實以告，把我所有的寂寞，我這幾年來所維護的、一直隱藏的，以及使我的這半生對於愛的信念完全瓦解掉的，在這難得的時刻勇敢地說出來？

可是我又覺得這太囉唆，她可能聽不懂，不會了解一個男人那麼沒出息究竟為了什麼，也許還沒說完她就走了。於是我決定改口，我對著她，也對著惠的鏡子，我謙卑地說：

如果妳肯愛我，我願意答應不要活太久……

啊，為什麼，為什麼你會說出這種話？她叫了起來。

說完她就哭了，哭得很傷心，就在床下的牆邊顫抖著，眼裡噙著淚，兩手高高舉起，一直站在那裡。原來她想擁抱，我稍稍往前移近，她的手立刻像磁鐵般搭上我的肩膀，然後把她的臉貼在我臉上，把她毫不保留的重量傾倒在我身上。

我的手無處伸展，只好貼在她的背上滑行，沿著惠有痣的部位開始摸索，這才發覺其實她並沒有那麼多痣，她似乎就只有頸下那顆痣，可見這或許都是惠的詭計，一切都是惠在指引，用那顆痣把我吸引，使我每天還能活在充滿著喜悅的幻覺裡。

三點四十分，一室寂靜，醒來愕然。

隔天陳小姐穿什麼來上班，已想不起來，低著頭不敢看她。

巴士為了避開一個坑洞，喀嚓一聲連頓兩下，幸好老婦人沒有被震醒，癟著嘴皮還在熟睡，一種變調的燜鍋聲在她鼻孔裡烹哼著。我開始斟酌著抵達前叫醒她的時間，一邊想著我雖然可以轉車到霧社再想辦法，卻沒把握那種鄉野之地可以包車上山。

電話中忘了說清楚是下午幾點？已過了三點。

兩年前一直不接我的電話，匆匆忙忙打來說他明天就要出國。

上午是我最忙碌的時段，忙著對外聯繫和部內的進度協調，所有提案、簡報、小組討論和發稿都在混亂中交叉進行。電話接進來時我還在小組會議裡，原本歪著頭抓起話筒就要打發，沒想到會是他，聽了兩句馬上扳緊椅子坐起來。

問他出國多久，為什麼到現在才打電話來？

答話閃爍，說他以後會很忙，沒把握還有時間去看她。

我再問他骨灰的塔位在哪裡，語意還是含糊，連一個地址也說不清，只說他每次都是開車前往，若要詳圖叫我上網去查。但他似乎聽得出我很焦急，於是突然故意這麼說：

其實我也可以不找你，就不管她了，可是又不放心。

謝謝你打這通電話，我們應該見個面。

我已經說了，明天就要出國。

那就今天下午，我趕過去，你在那裡等我。

老婦人被我叫醒了，拉著我的夾克跟在後面下車。

我也總算打定主意，直接就在埔里攔車上山，也許還來得及把那男的阻擋下來。本來就應該這麼做的，不能再讓他踏進佛寺了，女人的身體原本就不容許兩個男人同在的吧，這不就是惠在生日那天晚上所啟示我的嗎？

站牌斜對面停著一台農用車，車上跳下一個中年莊稼漢遠遠喊著阿母。老婦人沒聽見，我以為路邊太吵，大聲提醒她那就是妳說的二兒子嗎？她偏著左耳靠過來，要我再說一次，我才知道原來她的右耳壞掉了，難怪她一上車不敢落單，硬是要擠到我身旁。

她轉身朝對街走過去，一邊問我要去哪裡？

無欲去叨位啦。我說。

奇怪喔，汝是不是偷偷欲來這種所在約會……。

我把包袱抬上車斗，看著她上車，揮揮手後小貨車就開走了。

我找到的計程車司機一看圖就懂，他說大地震前那裡是很有名的神泉勝地，幾個出家人在旁邊建了佛寺，這幾年為了在地人家拾骨遷墳種種，才運用各方的捐獻金蓋起了靈骨塔。

你的樣子很像外地人，跑這麼遠是有親戚放在這裡嗎？

是我太太。我說。

不是很高的山，俯瞰而下的鄉城卻已小如星點。

佛寺的前庭空無一人，看來我已早他一步趕到了。我從低矮的平房瓦簷望過去，佛寺右後方高起一棟五層塔房的建築，白的牆，青藍色的頂蓋，若我所想沒錯，惠就在那裡。

但我沒有繼續走，停在庭埕外的山門，決定就在入口等他。

當初他一定想要快速遺忘，才會捨近求遠把她帶來這裡的吧。那麼，他應該到此為止了，有事交代就在庭埕外，談妥後我就讓他直接下山，不可能還要忍受他從我面前走進佛寺的背影，那像什麼，何況惠以後的世界也不需要任何人了。

沒讓我等太久，一部車子終於開了上來。

人模人樣的男人，戴著黑森森的墨鏡。天色那麼陰暗，剛才一路上也都是樹林，不知道他是虛張聲勢還是害怕露臉，看來是比我年輕的臉，微鬈著灰棕色的頭髮，深黑的鏡片閃著冷光的暗影。

草草寒暄兩句後，他直接從口袋裡掏出一張紙，寫著每年三節的法會時間、各節的獻敬，以及師父們不定期舉行水懺的護持錢。

我不是跟你計較錢，他說，但我真的花了不少錢。以後你就照著這些時程來做，我出國是突然被派調，沒辦法的事，如果兩三年後才能回來，那就三年吧，到時候如果你不想管，我再回來接手。

你是說我們共同分攤這些事？

當然要你同意才行，你也可以拒絕⋯⋯。

別麻煩了，前面你花多少，包括以後的，還有塔位，我買下來。

啊，買下來？你把我看成什麼，你不知道我也很痛苦嗎？

以後你還有大好的前程。我說。

他偏過臉去，乾乾地哽咽著，聲音有點生澀，也很難聽。

我拿出早已準備好的錢。這是早上接到電話後的大約十點半，陳小姐幫我提領出來的三十萬，其中至少有一部分是惠省吃儉用撙節下來的錢，當初她堅持不帶走，原來就是等我有一天把她贖回來的吧？

把錢交給他時，眼裡一陣熱，覺得是把惠的錢放在惠的手上了。

他後退一步，我以為他已惱羞成怒，將會直接把錢甩在地上。結果卻不是，他沒有惱怒，很奇怪他為什麼沒有惱怒，他緊繃的情緒反而突然一下子鬆開了，從他原先的訝異、傷痛，以及不想割捨的反應中露出了破涕為笑的表情。

我打電話給你並不是這個意思……。他說。

我知道，但是這樣對大家都好。

好吧，那我帶你進去，我也很久沒有來了。

不用，我自己來，明天你就要出國，現在應該下山了。

這時一位師父從寺裡走過來，剛好見證了這件事。我向師父說明原委，同時也把自己的名片遞給他，請他以後需要聯絡時直接找我。

阿彌陀佛，施主同意就好，已經敲鐘了，進來吃平安麵吧。

師父說完走開後，男的把錢塞進西裝外套，拿出了明天的機票證實這是真的，說他並不是無情，很多事情也不是一般人所想的那樣……。剛說完，臉又往下一沉，這次的哭聲比較逼真，可見他們兩人確實曾經相愛，只是愛得不深，才會這樣前後兩次還不能把悲傷全部哭完。

其實我已不想再聽，也不太相信這種稀疏的眼淚。他看我一直站在車窗旁，大概已經明白了我的意思，於是用力和我握握手，然後坐進車子裡發動引擎，沒多久連人帶車消失在冷杉林的彎道中。

我跟著師父們一起享用麵條、香菇、木耳等等做成的齋菜，晚冬的天色已暗下來，鳥飛過最後幾隻就消失不見了。他們用膳時禁語無聲，我只好每吃幾口就悄悄轉頭，從一格一格抿石的窗口瞄著已經上燈的塔樓，不知道惠的位置是在第幾樓，以前她就有懼高症，最好沒有讓她太靠近陽台而直接看到天空。

用餐後師父才說話，勸我不要急，天晚了，習俗上陽光普照的晨間才是上香的好時辰。我想也對，卻又想到來都來了，是要我明天再來一趟嗎？他似乎看出我的心事，說已交代騰出一間禪房讓我過宿，接著問我剛才的事，說他未曾看過這樣的事。

我說我沒有能力追求完美，只能追求一點完整。他點點頭，可是也蹙起了眉頭。於是我補充說，以前我所經歷的都是破碎的，難得現在有機會把那些破碎的收拾好，這對我來說很重要，否則我一直沒辦法從噩夢中走出來……。

由於聲音愈說愈低，很怕又情不自禁，我只好忍住停下來。

其實很想告訴他，我所有的努力已不是為了幸福，只想要活著。

同時我也告訴了我自己，以後就不能再悲傷了，惠當然也不願意看到我一直陷在泥沼裡。我甚至打算明天早上就讓她知道有個陳小姐。陳小姐就是詩蓉，當然妳也可以直接叫她絲絨，因為詩要捲舌。我和絲絨雖然不曾怎樣，但也不見得以後就是無望的將來，到時妳是不是願意教教我，妳只要教我如何避開女人都不喜歡的缺點就好了，以前我不就是因為這樣才失去妳的嗎？

躺在榻榻米上一直睡不著，依稀聞到的是淡淡的藺草香，驚蟄的季節還沒到，從水邊、地底下傳來的蟲鳴卻已一陣陣，一來就是好幾聲。禪房的梁板很低，隔間很輕，很安靜的水蛾一隻隻從黑暗中飛來窗邊又飛到黑暗裡。

禪房相距後方的塔樓大約四十米，總比天上來到這裡近。若從以前那些不安的睡夢中起算，儘管惠一直穿梭在我的腦海，由於噩夢總是很快就會醒，還是比不上現在這裡這樣溫暖的距離。

於是終於想到這是最接近她的一次了。

不知道她那裡是否也有睡眠這種事，我是翻來覆去等不及了。

我一直躺到蟲子累得不叫了，死靜的恍惚中突然聽見了她的笑聲，以前她很少有這樣的笑聲，咯咯咯地像在捉迷藏的樹林裡被我捉到了。我想今天她一定很開心，聽那聲音就知道整個人一直雀躍著，笑聲似乎不想停，很久很久才又轉為一種很甜蜜的耳語，好像是在跟我撒嬌，用她不想讓人聽見的聲音對我催促著說：帶我回去、帶我回去……。

我說惠妳別開玩笑了，有時我反而很想去找妳啊……。

評錄

王定國〈生之半途〉是一個在旅途中被留下的人。剛來到五十歲約莫的一個男人，妻子在三十五歲的時候別戀離去，後來有一天他接到電話，被通知久別的妻子已經辭世，於是他要踏上一趟一個人的送別之旅。這是個悼亡的故事，也是關於一場中途而止、無聲消亡的關係的重負，久久無法重新開始的恐懼。在這篇小說中，男子同時在心裡對兩位女性說話，彷彿不斷對著她們整理儀容。你可以在閱讀此篇之中，不斷感受到他的止步，猶豫躊躇，與他那但願這一次能夠跨過那止步、從破碎走向完整的心願。

《九歌一〇八年小說選》主編張惠菁

噎告

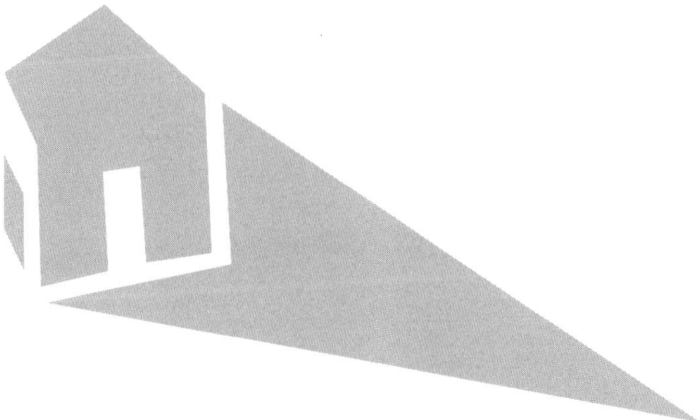

真愛真的很難，真愛是萬重山。

1

五年前還是我最幸福的時光。

那時我已在一家大型事務所擔任要職，很多漂亮的規畫案都有我的手筆，有些臨時被退回的棘手案也會找我救援，只要又有個念頭對我發出忽閃忽滅的靈光，我一關起門來就廝殺到天亮，那種深受器重而自甘獻身用命的信念，只有創作者能懂，他應該和我一樣，熱愛一支筆在他紙上畫出來的神奇，如同畫出自己的生命。

有時當我受邀分享個人的創作理念，最後我都會對著台下那些發亮的眼睛說，作為一個設計人，不論來自什麼環境，你一定要拋開太過熟悉的記憶，然後給自己設定一個達不到的境界，這將有助於光榮地走在這條路上，總有一天，你的某一條線自然會去和它連結……。

也就是那年四月，我懷著美麗又自信的憧憬，帶著妻子女兒搬進了親水園道上的社區大樓。那真是閒家富人的領域，起床就看得到晨曦在山邊露臉，黃昏時的窗景盡是綿延的河灣落日，若不想打開窗戶，光坐在沙發上也能體驗這人生初次的幸福感，它拍著快樂翅膀，就像一隻鳥正從遠空飛來。

簡單家具歸位後，你真該瞧瞧我那可愛女兒雀躍的模樣，很難想像吧，她剛來到青春叛逆的小年紀，一看到木地板還是忍不住躺下來翻滾，接著兩手抱胸裝世故，走來走去對著眼前所見嘖嘖稱奇。妻那時的表情則一貫較為冷靜，看來百感交集，畢竟當初她是排除萬難嫁給我，因此常有一股憂心，總是要我慢慢來，千萬不要為了替她爭面子，把自己的步調走亂了。

然而那時的我，坦白說，我急切想要的剛好和她相反，她有時間等待，而我並沒有等待的時間。窮人家的出身，好不容易有個像樣的小屋簷，難免就有一種辛酸的慶幸，儘管房子還背負著貸款壓力，但我既然已能預見自己的遠景，我不認為錢能折損我的志氣，與此相反，我們以後的日子會更好，所有的努力不就是為了以後更好的日子。

使我從美麗的高空摔下來的，是新家第二天，突然來了一個不速之客。

而偏偏他就是我所說的，我一直想要拋開的記憶。

這天下午，妻為了新家搏好采，決定正式啟用那像條船的中島廚房，臨時跑到黃昏市場買了菜，回來後就開始洗濯備料，我則翹著二郎腿翻閱著星期天的報紙，一邊聽著那刀鋒起落間輕快俐落的節奏，尤其當她細細切著蔥絲有如急弦快板那樣美妙地傳來，我不得不相信人生的一場盛宴就要在眼前開動了。

我們沒有通知任何人，一家三口五道菜，還準備了一瓶紅酒。這時突然門鈴響，妻以為管理員上門來遞件，特別拎了兩個橘子去應門。沒想到，這個意外的人就這麼進來了，多年不見，不如不見的我父親。

我不知道他從哪裡來，鄉下的家只有嚴重痛風的母親，而他到處去遊蕩，搭錯車下錯站，久久一趟摸回鄉下，吃完飯又飄游到另一條路上。他戴著過大的棒球帽，壓得很深，想摘下來，猶豫著，頭髮大概稀稀落落快掉光了。

門還沒關上，我也沒有叫他，是他自告奮勇，像在人群中踮起腳尖伸著臉，親熱地叫著站在旁邊的妻的名字，她趕緊趨前把他迎到餐桌上。這雷電般的交會就這麼落幕了，然而卻也是剛開始的命運，我的命運。

紅酒還沒打開，幸好他也只喝啤酒，以他平常的量，冰箱那僅有的一瓶只能澆他乾燥的喉嚨。妻剛拿上來，杯中還沒倒酒，他已把話謙卑地說在前頭，「我喝兩口就好，你媽走不動，應該早點回去看她，也不能耽誤到你們。」

妻連說不會，忙著為他備碗，他沒推辭，帽下瞧我一眼，轉頭對她說：「聽到你們搬新家，原來這麼氣派，妳知道我是怎樣的高興嗎，嘴巴一整天闔不起來，就好像是我自己的成就啦。他小時候跟我吃了不少苦，妳都聽他說過了吧，真悽慘，只能怪我沒出息，還把他寄養在他外公家。」

女兒只在鄉下見過他一次，印象停在賭輸回來拍桌要錢那窘態，她冷冷嚼著飯，鼓著白白的臉頰，搬家那股喜悅早已急凍下來。「妳都沒叫我阿公喲，我就還記得妳叫小靜。小靜啊，妳爸爸被那些表兄弟壓在地上打，大概就是妳現在的年紀，妳看他現在多麼厲害，這樣我就放心了。」

說完才轉過來對著我的側臉，沒有再移開，連聲音也輕落下來：

唉，這要怎麼說，說不完啊。有一次你媽回娘家繳會錢，看到你就哭了，說有帶你上街去吃麵，還給你買了一大串香蕉，結果你怕帶回去被充公，躲到快散場的電影院，趁燈光還沒亮，狂吃了好幾條，難怪卡到氣管引起肺炎……，你看這件事我也知道。

對你一直很關心啦，還有什麼我不知道的。自言自語著。

你被打破頭，我還跑到教室用紅色粉筆把那些人寫在黑板，你可能忘了。

你姊姊的死，日本腦炎造成的，我也有趕回來，哭得很傷心。

被我修理只有那一次，叫你去外公家拿地瓜，回來臭罵我一頓。

你跟著我搬家十幾次，也不是我願意，實在沒必要恨到現在⋯⋯

一家人靜下來，母女兩人愣愣然，我也沒回應，他自己喝了起來。

喝兩口就好，整瓶都喝光了，空酒瓶被他倒立在杯口上滴答作樣。

我拿起車鑰匙衝出門，買了啤酒一整箱，覺得應該讓他早點醉，到時還來得及把他送去車站。酒買回來時，三個人還在原位上，原來他還沒說完，而坐在他對面的妻已滿臉淚光。

她為什麼哭，我大略能體會，從來沒有聽過的我，竟然是經由別人轉述而來的，難怪眼淚就這樣為我流下來了。一個女人聽著你的往事會掉眼淚，不見得那些往事多悲傷，而是因為太愛你，那些悲傷才會成為她的悲傷，否則連我都想要忘掉的往事，根本不值得她這樣傷心。

從頭到尾我沒說半句話，飯菜都涼了。妻開始勸菜，舉起筷子都夾到他碗裡，他這才打住話匣子，捧著碗扒了兩口，隨著臉頰的嚼動，眼角兩邊竟然泛起了水光。妻看了我一眼，暗示我說些話。該說的以前我都說過了。以前我也不曾像現在此刻這樣不叫他，是他聽不見，只要他在的地方都是聽不見的，那種煙霧瀰漫的場子裡人聲嘩嘩，等他瞇完牌底的數字，才轉過頭來瞪著我，根本不問我要做什麼，而我只是來通知他，媽媽已被送進了開刀房。

酒開到第三瓶，還沒喝完，突然說他有點痛，就是沒說哪裡痛，只拿起蓋子把那剩下的半瓶蓋起來。我鬆了一口氣，以為他真的要走了，馬上想到抽屜裡還有三萬多塊，打算到了門口就讓媳婦塞給他。沒想到他說的痛大概是鞋子痛，這時我聽見的是他爽快地說：「我看就在這裡住一晚好了。」

女兒扔下筷子跑掉了。準備分送給鄰居的一鍋湯圓，煮得一顆顆溫潤飽滿，此刻紅的白的已凝成一團泥。瓶子裡的花都謝了。誇張一點說，窗外的天空本來滿滿的月光，一下子都暗了。

整晚我沒睡好，出到昏暗的客廳時，還沒發現有人坐在那裡，直到沙發上的扶手彎挺起一截人影，已來不及走避，他坐在那影子裡睜開了眼睛，兩個人就在這三更半夜裡對上了。看得出他是在等我，帽子還沒摘掉，這時馬上打直了坐姿對著我：「坦白說啦，今天我是為一件事來的，你聽聽看。」

接著一開口就是二十多年前，依稀印象中的那個兩歲小嬰孩。

「你還記不記得我們那時叫他阿多？」

他這麼一問倒是把我催醒了。我當然還記得，印象悲哀又深刻，那嬰孩從他媽媽的房間爬到外面時，還是我先發現的，全身髒兮兮，就算有人看到也不敢去接近。天井四處蠕動著蛆蟲，有的爬在廚房牆壁下，有的直接躺在芭樂樹的涼蔭下休息，而他就爬在那些黃黃白白的蛆身上，任誰看到都會噁心。那是住在鎮上的我們又一次的搬家，房租超乎想像的便宜，原來不僅環境衛生髒又臭，母親還發現天井後面大有文章，那邊是用木頭搭建起來的三間小板屋，房東分租給外地來的女人，小嬰孩就住在其中的一間，阿雪的房間。

「你知道阿多現在幾歲了？」他說。

這是什麼圈套，一下子又把時間拉近到眼前，肯定有蹊蹺的。我嘀咕著想，那時我讀小學，大九歲，想也知道這個嬰孩現在就快三十了。他說有事專程來，難道就為了這個阿多——這不就證實了當時的傳聞，說他和阿雪早在別地方生下小孩，然後利用障眼法，先把阿雪弄到板屋來，再假心假意帶著母親來看房子，蒙在鼓裡的母親就因為便宜而把前面的主屋租下來。

如果傳聞確實就是這樣的不堪，還有什麼臉提起那個嬰孩。

我那可憐的媽媽，那時每逢假日還派我爬到芭樂樹上，要我居高臨下盯著後院查看有沒有父親的身影。那年所有漂亮的芭樂都被我吃光了，我跨著樹幹一邊吃，一邊看著板屋的動靜，尤其那最年輕的阿雪的房間，她的窗戶雖然高高扁扁只能看到天空，但那是她躺在床上的角度，在我的芭樂樹這邊，我看到的是她沒穿衣服的肩膀，兩側頭髮掩著只剩一半的臉頰，很像躲在烏雲裡的白月光。

芭樂樹上還看得到靠近主屋這邊的公廁，滿地的蛆蟲就是從茅坑裡爬出來的，板屋女人帶著男客走過來如廁時都要踮腳尖，不幸踩到就會響起啵啵啵的爆漿聲，然後傳來一連串的破口罵，一路幹幹幹到他們的房間。

「你對阿多還有什麼印象，如果現在碰到他，一定認不出來。」

「有什麼事你就直說好了。」

嘴角微動卻又噤下來，我不知道他在顧慮什麼，若我不想聽，大可藉著朦朧睡意溜進房，但事實上，我想聽他親口說說究竟，母親的孤獨歲月就是從那時開始的，這傢伙把她的一生毀掉了。那個天剛亮的早晨，阿雪被人發現陳屍在房間裡，有人看見凶手罩著黑色雨衣從巷口逃了出去，雖然後來證實了那人並不是他，而小嬰孩也被阿雪的姊姊帶走了，但為什麼他也從此離開家，把我們像舊家具丟在那裡，茫茫然面對著每天上門問東問西的員警。

但他還是沒說，似乎只專注著自己的話題。既然只問我以前的印象，當然沒什麼好印象，我們甚至發現那嬰孩雖然很想說話，卻就是說不出來，只能從他明顯吃力的喉嚨，不斷咕嚕著急切想要傳達的聲音，以致那聲音就像快速運轉的滾輪，一直阿多阿多阿多那樣局促地重複著。

「我怕他會想不開。」

嗯。我說。

「有時我覺得，他很像你。」他說。

這時他終於摘下了帽子，戴一整天的帽子摘掉後露出來的原形，多麼像他離開我們時的樣子。本來我以為只要把我們拋棄，以後他應該就是個幸福的人，怎麼知道眼前的他還是他，潦倒又卑微，不就是白混了大半生，還把我們拉下去陪葬了。

「阿多一直換工作，沒有人願意栽培他，反而都想把他踢走。看他這麼辛苦，每次我就想到你。不過我早就認清事實，這輩子不可能會來打擾你，你有那麼好的前途，我來做什麼呢？但是天無絕人之路啊，你知道阿多念的是土木科系嗎，而你是那麼有名的建築師，只要在報紙上看到你的名字，我就很痛苦，當初實在不應該當你的爸爸，對你是侮辱……，」

「不要再說了。我考建築師落榜三次，你搞錯了。」

「給阿多試試，你還沒看過他畫的圖，真的很厲害。」

「你老實一點，至少對我媽老實一點，他是你的小孩？」

「不知道爸爸是誰的小孩。」

「你只要說是——或不是。」

「就算是別人的，你看到也會不忍心。我只能說這個孩子太悲慘了，根本不應該活在這個世界上。不知道你有沒有丟錢給乞丐的經驗，這樣好不好，我就拜託你把他當作乞丐可以嗎？」

這一瞬間他竟然哭了起來，哭得開始顫抖著，一直壓著聲音哭，臉垂在胸口，兩邊膝蓋夾緊，整個身軀縮成了貓形，嗚咽得不像一個男人的聲音。

「我沒看過你這樣，也不相信你這麼偉大，除非阿多就是你的。」

他這個樣子已沒辦法回答。

「到底是不是？」我說：「如果不是，我還考慮什麼？」

這時他終於勇敢地抬起頭，淚眼模糊，模糊又堅定地點著頭。

我約他來到了事務所，見了面嚇我一跳，並沒那麼糟，反而好看得很，只是有點肥，彌勒佛那樣的笑臉。我帶他見過了建築師老闆，也和二十來個同事打過照面，一直都在笑著，笑得那麼澎湃，鼻頭都被他笑紅了。最後我帶他來到窗邊的房間，竟然還在笑著，好像已收不起來。本來我想提醒他，好了，可以了，這裡又沒有外人……，可是當他坐上我指給他的椅子，摸一下他的桌面、打開抽屜弄弄那些鉛筆道具，甚至低下頭撿起腳邊的橡皮擦，啊，那流洩在嘴角邊的笑意竟然還像攀藤那樣，正沿著他肥白的臉頰爬上眼睛，最後不得已才從那眼尾飄了出去。

相處兩天後，我才知道，原來那樣的笑臉是他的歉意。

他無法準確地咬字。

每說一句話，或只是一個字，我除了要認真聽，還得想想大概的意思才能回答，

而且如果我寫日記，恐怕也沒辦法依照他的發音完整呈現在文字裡。

像ㄉ或ㄊ這種起頭音，由於牽涉到舌頭的運轉，聽起來混淆不清。

他說小學六年每天都在忍受別人的嘲笑，直到上了國中，總算讓他學會了克服嘲笑的本領。他開始加入同學們的嘲笑，讓他們相信這個被嘲笑者和他們一樣開心，必要時還做出各種詼諧的動作來取悅他們，久而久之那些嘲笑聲才不再那麼高亢，甚至有時當他們聽到別班同學的嘲笑還會生起氣來。

他說著這些的時候，那舌根與喉嚨之間一直滾動著莫名的氣息，我想那是因為舌頭趕不上主人的意願，才使得那些說不出來的字眼充滿了爭先恐後的熱情。這樣的情景剛開始很讓我困擾，如果我在他說話時看著他，他的臉馬上就會漲紅；但如果刻意不看他，我又擔心他會以為我是不是已經開始厭倦了。

當然，如果當作好玩，我在妻女面前拿他暢談一番，應該也是很有趣的話題。但我還是忍住了。他那樣的笑，以及那更爆笑的口語，使我不禁又想起他爬在滿地蛆蟲裡的身影，如果我在家裡只是隨便說說而已，說得不太得體，不夠嚴謹，或只在有意無意間流露一種廉價的同情，那麼我其實是在關懷他呢，或者也和別人一樣正在對他嘲笑著？

臨時添購的製圖桌就擺在我的對角處，要跟他說話就得轉頭看他，只見那雙眼睛專注得圓滾滾，一直緊挨著他筆下的圖形，然後大概是在追求那再也不能失去的準確，上下唇一起嘟尖起來，準直地跟著筆芯走在他的線條裡。

「聽說這幾年你住過好幾個家？」

嗯，他的喉嚨說。他本來住在阿姨們輪流提供的房子裡，有一天突然有個人跑來學校認他，說不忍心讓他繼續流浪，以後賺到錢一定要好好栽培他。因此他就跟著這個新爸爸回去了，到了新家才知道，原來他們家缺男丁，上面三個都是姊姊。老大是英文績優班的高材生，因此每晚奉她爸之命教他半個小時的發音。

「看著我的舌頭，th……，」

「絲。」

「不只是看，還要仔細聽，th……，」

「匙。」

大阿姊把課本摔到桌上，起身到房間裡摸來了一根菸，點燃並深吸了一口，滿嘴煙霧噴在他臉上，然後再吸一口，指指自己的嘴唇。於是當她又輕輕發出像生氣的眼鏡蛇那樣的嘶嘶聲，她的舌尖只有緩緩捲出的一縷煙，不再是剛才瀰漫一片的那些亂煙。

「照我的方法練習一百次。」

阿多這時就更阿多了，他吞乾了口水，想像那縷煙就在自己的舌尖。

「駛。」阿多說。

「駛什麼啦，駛你娘好嗎。」大阿姊說。

幾天後，一張海報貼上他的床頭，雪白八開紙，黑色麥克筆拱出一個大圖案，乍看就像一隻空洞的眼睛倒豎起來瞪著他。

就在繪圖紙上，阿多在我眼前大筆一揮，那圖案馬上現出了原形。

θ

橢圓形裡的小橫槓，無疑就是走投無路的舌頭，走不出茫然的暗路，就像吊在空中對著白白的窗口。他說他知道那是三個姊姊聯手，直接從ｋｋ音標摹畫下來的傑作，他不敢把海報撕下來，但也不想再忍受，因此就在那睡不著的深夜展開了他對舌頭的復仇。

他跪在床頭，兩手緊抓著上鋪的橫桿，像準備吊單槓的起手式，接著伸出舌頭，把全身力氣昇華到上下兩床牙尖，默默數到三，然後一聲令下，舌頭前半段霎時噴出血注，只差底部的舌繫帶還沒截斷，頗像垂吊在肉攤上還滴著殘血的豬肝。

隔壁房聽到他的哭嚎衝進來，從樓梯爬上來的驚叫聲把他送進了醫院。

出院後他下樓吃飯，小湯匙舀起的蒸蛋直接送進嘴裡，然後藉著吞嚥的牽引讓它緩緩滑入食道。桌上不用咀嚼的食物只剩豆腐，他就用湯匙先在碗底壓碎，然後像吃豆花那樣讓它們暫時依偎在牙床兩邊，直到稍稍感到滿足才整口吞下去。

阿多說到這裡，好像擔心我不相信他的勇氣，突然伸出舌頭要我看他手術後的傷痕，我的眼睛只能停在他的舌尖，再進去一點就趕緊閉上了。

「那幾天我特別不想死，因為他們對我很客氣，也很安靜。」

「所以你就住在那裡，一直到念大學？」

「沒有啊，第二年我就離開了。」

「為什麼，那時你才十幾歲……，」

他說有一天，新爸爸帶他去看電影，路上一直勉勵他：別讓人看笑話，別說我都沒有教你……，快到電影院門口時，新爸爸瞄到冰果店的騎樓柱上剛好有個廣告，馬上心血來潮，指著那上面的字，要他看著他的嘴型：

「團……體。」

「ㄉㄨㄤˊ……，」

「沒有這個字。說對了帶你進去吃冰。」

「ㄉㄨㄤˊ……ㄔㄧˊ，」

「聽不懂？我就說沒有這個字。」

「ㄌㄨㄤㄢㄎ……，」

阿多說，新爸爸聽完就不看電影了，直接衝出騎樓往回走，他趕緊從後面追上去告訴他，不同校的一個模範生也像他這樣，結果並沒有影響到功課，還常常拿到全班最高分，而且他們家也很窮。

「從那天開始，他只要聽到我在說話，馬上走開。」

「照理說，他應該早就知道……」

「我本來沒有這麼慘，舌頭受傷後才變這樣，所以一直不敢開口，沒想到看電影那天還是被他發現了。我每次去複診，醫生就說同樣的話來刺激我：你當時決定咬下去都沒想到舌頭是要用來吃飯嗎？哼，他懂什麼，舌頭只用來吃飯就好了，啊啊啊啊啊……，」

我一下子聽不懂他啊這幾聲是什麼含意，也許太過激動而想要發洩高亢的聲音，所有聲音卻都卡在一起，連脖子也被聲音滲透而暴紅，紅上了下巴和臉頰，只剩眼睛還沒遭殃，於是他趕緊閉上眼睛，彷彿唯有這樣才能把失控的機關鎖緊。

事務所一時大塞車，沒有人手幫忙跑執照，怨言就出來了。竊竊私語的對象紛紛指向他，有的說那張製圖桌放在我的房間裡就是不像話，有的開始打聽還要忍受他的試用期多久，也有人認為應該派他去跑跑建管單位，就算有損顏面，待不下去自然就會走人。

我開始注意他進出茶水間的身影，一樣笑著出去，一樣笑著回來，但那張臉每次都在變形，短短幾趟步，人間冷暖就在幾個轉身之間嘗到了。但他畫得更勤快，那盞製圖燈每天開到最晚，就像他說的，畢業後只做過漫畫助理、夜間巡邏、各種行業的臨時工，第一次來到嚮往中的事務所，一定要好好保住……

第三個月，保不住了，我已不得不預備回報他的試用成績。若以他的細筆，他畫的梁柱門窗都極精緻，甚至不太需要的美都被他畫出來了。專注度一百分，組織力卻是零，畢竟牽涉到經驗，忘了這是施工圖，軸線落差離譜，索引符號顛三倒四，該有的說明文字根本都來不及。這些圖樣雖然只用來試他身手，部門不可能拿去照用，但大家都是明眼人，要是再幫他護航，引起的反彈恐怕還是傷到他自己。

於是那最後幾天，我不再和他討論圖面，反而輕鬆導入他的私人感情，結果這也造成困擾，他想了又想，問我算不算——說有個女生總算答應和他約會了，只要他願意再等五十年……。

不問還好，聽了更難過而已。其實他的外型沒什麼好挑剔，頂多胖了點，比起富家子弟那種狂妄揮霍的肉慾，他這一點點贅肉塞他們骯髒的牙縫剛好而已。事實上他來報到剛滿一個月時，就有個建案女主管帶著一行人來看圖，喝茶喝到一半竟然恍神了，兩眼水汪汪看著前方，而那正好就是阿多走出來簽領薪水的瞬間，若不是他好巧不巧開口說了什麼話，那女的回家後恐怕會是一夜難眠。

大舌頭就只是小小贅肉的一種，沒犯什麼錯，乖乖躺在嘴裡，不像蜥蜴動不動就伸出來嚇人。大舌頭如果長在惡人嘴裡，眾人看到的還是他的惡，那舌頭反使人平添幾許虛假的同情；但大舌頭要是長在好人相貌的嘴裡，馬上豬羊變色，人家偏要挑剔這看不見的小東西，反讓優秀品貌淪為這小缺陷的犧牲品，甚至從此被打入地獄。

試用期最後兩天，我開始掙扎不如請個假避開他，然而一轉念，想起小時候還曾抱過他呢——在這即將消逝的片刻，如果同事間有人對他釋出善意，那該多好，就算只是個虛假的懷抱，也能減輕他又被拋棄的傷痛吧，不然以後還有哪裡是他盼望得到的地方。

但這談何容易。平常我們事務所還有個傳統迎新會，他一來就沒有了，何況現在是要離開，更不可能還有所謂惜別宴可言。在這最不野蠻的人文之地，其實沒有人是不野蠻的，何況只是外面飄來的浮萍，曬曬陽光後該死還是會死，畢竟這就是人世的常情。只是我還沒有勇氣開口通知他，光看那幾支筆握在手上，準備畫一輩子似地，到時他怎麼受得住，誰能和他一起面對這個結局，看來也只有帶他進來的我了。

於是我悄悄來到了一間小旅館，樓下餐廳還在午休，這家餐廳經常是我受命請託交際的場所，餐廳經理已在電話中把樓層主任介紹給我，只要直接上到七樓，跟櫃檯說個暗號，對方自然就會知道我的來意。

結果那主任和我一照面，馬上把我當成了嫖客，自然堆起了赤裸裸的笑容。我跟他說不是我要的，幫一個朋友先來看看而已，何況還不見得一看就對上眼。

那你就來對了，他說。

「有夠巧，」他壓低了聲音：「經理才說你有交代不要太職業化，就真的來了這個，最多二十來歲，等一下你看她穿什麼球鞋就知道啦，昨天剛來住了一晚，房錢就繳不出來了，被我留在員工休息室猛打電話求救。別說我騙你，真的，現在很多年輕女孩都是先離家再想辦法……，」

他帶我進去那個休息室，叮嚀我不能出聲嚇到她。休息室裡只有貼著牆面的毛巾櫃，剩下就是單人座的沙發椅，那女生拿著手機靠在椅背上，看到門被推開馬上偏過臉去遮掩，但那匆匆一閃躲的神色還是讓我瞧見了，臉上乾乾淨淨沒有一點脂粉味，恐怕就是阿多會喜歡得說不出話來的典型。

我吩咐他替我留住她，打回事務所的電話卻找不到人。

我只好再跑一趟，把我精心安排的這一段告訴他。起初他相當詫異，但一聽到我稍加慫恿的精采處，那雙眼已開始泛光，不僅不再推辭，反而露出被我寵壞了的、臉紅心跳卻又急切想要的歡欣半小時後，我終於把他送進了一個視野極佳的房間。

這件事的對與錯，不論對與錯，如今卻還在讓我承受著傷痛。

人生這條路上，每個人其實就是自己的畫線人，你可以畫一條禁止線，也可以多畫一條跨越線，以後遇到人生的難題，兩條線之間的徬徨就能有所依循。我的人生準則曾經也是這樣畫出來的，卻就因為遇上了這樣悲哀的靈魂，才使我突然地異想天開吧，就把即使被禁止也要跨越過去的兩條線畫在一起了。

我只是沒想到，畫完了這條線，竟然也是我在事務所的最後一天。

2

面對那天早晨的醜聞，妻是這樣度過的：她在友人頻頻來電關心的鈴聲中，雙手捧著臉，想哭卻又極力把自己壓制，偶爾只是無聲地甩甩頭，或者來回踱步在客廳和廚房之間，而最後當她冷靜下來，終於還是提起了她的菜籃子，把門輕輕關上就出去了。

而我沒有去上班，只打開她剛看過的報紙，小小的地方新聞版依然那麼驚悚：建築師嫖妓，受傷女報警。除了嫖妓與報警，其他六字全都鬼扯，還把我的名字硬生生寫在報導裡。看完後我只做一件事，我草草披上夾克，沿著平常她的路徑跑向不遠處的傳統市場，一路想著怎麼辦，越想越覺得那胡謅的報導已經把我毀掉了。

那天早晨的市場盡是嗡嗡人聲，水濕的通道使我以為雨正在下著，左轉右轉每個攤位都看不到她的身影，使我不禁懷疑她就是要讓我找不到的吧，一切真的是糟透了，我一直走到接近崩潰，靠在轉角處的雞攤上差點哭了起來。

十幾個小時前，我還坐在旅館樓下喝著悠哉的咖啡，想著生澀的阿多和那女生最好多聊幾句，除了寬衣解帶還有多餘的時間調情。畢竟那是阿多第一次接觸女體，他的愉悅是那麼重要，這才是對他最有益的同情，等他終於不再為自己的缺陷感到羞愧，以後面對這人世還有什麼畏首畏尾的顧忌？

而在這杯咖啡裡，我也同時想起我父親，這三個月裡我沒有和他聯絡，因為不覺得應該對這傢伙負責，我只把阿多看成獨立的個體，畢竟那太過陰暗的生命使我想到我自己，才會這麼心甘情願帶他來到這條路上。

然而就在這時，一部警車突然開到門口，兩名員警下車後直接走進旅館，他們翻翻櫃台上的登記簿就上樓了。餐廳經理這時也提早趕到，他把我拉到一旁：「你這個朋友真是……，無緣無故和小姐扭打起來，人家現在堅持要提告。」

過了不久，兩名男女一起跟著員警下樓，女的頭上蓋著外套，身上並沒有傷，倒是阿多看起來是要送去拘留所。上車前他匆匆看我一眼，沒有表情，都不吭聲，當然也都不笑了。

妻是在今年三月搬出去的，那麼安靜的春天。

經過四年後她才突然離開，可見並非那件事造成的影響。然而那終究是個陰影，是一個女人對信任的懷疑，她還能承受那麼久的煎熬已非常不容易，若不是她天生太軟弱，那就是她太堅強了。

離開事務所後，我們賣掉了那間視野開闊的樓房，搬到以前嫌它太過簡陋的小房子，外面的馬路已經拓寬了，一棟棟新大樓塞滿了新街道，小房子這巷底好比就是突然患了眼疾，像一隻快要閉起來的小眼睛。

搬家那天她倒是很平靜，還不忘跟鄰居們一個個微笑道別，那副神情就好像搬了家要去移民。尤其那最後幾天，每個早晨她依然提著籃子去市場，回到家先搾幾杯柳丁，等我打包裝箱告一段落，和我一起坐在紙箱上解渴休息，然後默默看著窗外飛過的雲彩。那是我最心痛的一天，很想和她說說話，可就是一個字都說不出來。

經過幾次的奔波與等待，我總算謀得兩個不掛名的顧問職，車馬費少許，幫忙看看圖，在別人的會議中出點主意；若有什麼急案需要臨時調控預算，我就把一大捆的圖本帶回家，錢較多，關起門來做到天亮。

男人快到中年才離職，除非為了跳槽博高薪，否則難免就是天涯了斷，遲早都要面臨不知如何是好的孤寂。夜裡輾轉翻身多少次，就是不敢看到那雙還沒闔起來的眼睛，有時半夜醒來，走過亮著燈的女兒的房間，躡著惶恐的腳尖，生怕這丟臉爸爸不小心又把她吵醒了。

事實上那段日子，我還在等著阿多，想像他看到了那則報導，就算不覺得對我虧欠，起碼應該出面幫我釋疑，只要他能證實那天是他單獨一人嫖妓，外界對我的汙衊終將會改變，從此讓我脫離深淵。

但我一直沒有他的消息，而電話那端的父親也無能回應，只能一再重複著他的歉意。是的，如果他沒有來找我，或者我一開始就對他狠到底，完全不為所動，讓他在那天夜裡哭到死，為自己的罪孽承受一輩子的活刑——那麼，現在此刻我依然保有一個幸福家庭，還在擔任要職，還在對著那些和我一樣的創作者分享著美好的心靈……。

五年來，我只等到了這位杏小姐。

就在幾天前，一個自稱明杏或銀杏的女生……，或女士的來電，我說不認識就把電話掛斷了。不久她卻又打來第二通，我只好多說了兩句，妳真的打錯了，請妳……。半夜鈴聲就像憂鬱又來襲，尖銳得使我一陣陣心悸，而幸好她不罷休，當我最後一次拿起話筒，終於聽見她鼓起此生最大能量的嗓門把我叫醒了——

「難道你不認識阿多嗎？」

我把話筒抵住耳膜，趕緊讓她知道我在聽。

「我就知道是你沒錯，他以前的記事本只有你這個朋友。」

我冒冷汗，直覺不妙。陌生人一開口就提起的名字，不會有好事。

「你應該過來看看，他這樣下去會把我嚇死，啊，你可能聽不懂，那我一下子更難說清楚了，反正，反正我想離開他啦。去年我好不容易躲到這裡，總算放心不會再被他找到，沒想到幾天前他又出現了。怎麼辦，趁現在還沒被他發現，我給你地址好嗎，拜託你趕快來把他帶走好嗎？」

「妳慢慢說。」

「兩個月前，這裡突然開了一間水果店，招牌就叫阿杏火龍果，我探頭一看差點昏倒，坐在櫃檯裡的人竟然就是他。我的家鄉在埔里，埔里種了很多火龍果，所以他就專賣火龍果，誰不知道這又是苦肉計，以為我不忍心就會跑出來見他。」

「阿多是很好的人，有時候應該想想他的優點。」

「是沒錯啦，他就是對我太好，我才越來越怕。你知道嗎，最近他神經失常了，這要怎麼說？前幾天我走到街上，突然聽見後面有人在噎噎啊啊的，這聲音是那麼熟悉，我以為又被他發現追過來了，結果卻不是，是他一看到車子開過來，就發出了那種怪聲。而且很奇怪，明明那部車子已經開走了，他還在看前看後，好像害怕下一部車也會朝他衝過來。我越想越覺得不對勁，就躲在原地看他到底是要怎樣，才發現他只是要過馬路而已，卻又不敢走，就一直站在那裡。」

「沒關係，我來瞭解看看，妳給我他的手機號碼。」

「咦？」嚇了一跳的沉默，愣住了好幾秒。

「我親自打電話問他，總要先知道他是怎麼了。」我說。

「我覺得你這樣是在開我玩笑，啞巴怎麼會有手機號碼？」

「誰啞巴？」

「又來了，」她哼了一聲，「你真的不知道這個人是啞巴嗎？」

我說我當然不知道，還舉了幾個例子證明我所認識的阿多。說完，她馬上接著反駁，說她從認識他第一天開始，這幾年來從沒聽他說過半句話。

雞同鴨講的半夜，雙方越扯越遠，使我不禁懷疑會不會是電話打錯了。我只好這麼說了：「也許我們說的不是同一個人，妳說的是男朋友，我說的是以前的同事，很可能是誤會一場，不然就是妳也在開我玩笑，我所認識的阿多也不可能會去賣水果……，」

「你帶他去開房間，難道也是誤會一場？」

換我驚詫下來。好歹這幾年什麼滋味都嘗遍了，還讓一個陌生女人在這裡說三道四，這又算哪一味？不過，聽起來倒是真的了，我只好洩氣地回應她：

「嗯，妳這麼說又好像沒錯，可見你們的感情非常好，連這種事他也說了。」

「啞巴能說什麼，為什麼你還是不相信？」

「既然這樣，那又是誰告訴妳的？」

「你們開房間，房間裡面的人是誰難道你不知道？」

我說如果知道，早就找她來問清楚，為什麼她把事情搞成那樣。

「不就是我嗎？」她說。

就在我準備出門時，女兒回來了。

大約半個月才看得到的人影，回到家卻也不是為了誰，只挑她幾件換季衣物，東西拿了就走，有時帶上房門還刻意用點力，那種突然砰一聲的愕然總在離去後卡在我的腦海。

倒是她這回不太一樣，取了冰箱飲料後，斜靠在沙發上對著陽台，除了那瓶飲料拿在手上，另一隻手翻著她那本書，沒幾下又放一旁，看樣子是要跟我說話，不願意先開口罷了。

不說話已經很久了。

但我急著要出門，就為了電話中的杏小姐。等我把背包提上肩，這才聽見一絲若有若無的短音，很像邊叫邊飛走的鳥語，或許又只是我的幻覺，根本沒有叫爸爸，教我怎麼回答。

「爸——」

竟然又來一聲。這次拉長音。

以前我最疼她了。一路陪她長大就像護著花，別人光一張嘴說趁年輕再生個兒子吧，幸好都沒有盲從，疼一個就那麼傷神，再來一個豈不更折騰。十八年後看著她要去住校，我早就翻來覆去好幾回的鼻酸，有一次還是高速公路上，車後座塞滿她的家當，擋風玻璃外盡是那所大學迫在眼前的幻覺，總覺得好像就要把她丟在沒人愛的世界了。

我回頭問她什麼事，瘦一些了，還是又在咬嘴唇。

妻離開後她就這模樣，說她不懂事，又好像很懂，敵意才會那麼深。

我等著聽她說什麼。若是要錢都寫簡訊，就怕不要錢，手機都不回。

「我跟你說，這幾天你不要亂跑，說不定媽就要回來了。」

「妳怎麼知道？」

「你以為沒有人關心她了嗎？」

說著拿起那本書，從中拉出一封信，「你想知道的，都寫在裡面了。不過你也不要太得意，剛才說的不是馬上，你可以想清楚再回答。」

說完沒有遞過來，而是對著我的眼睛擱上茶几，拾起袋子就出去了。

我不認為她在開玩笑，真的就是一封信，而且不就在這眼前了嗎？

然而在這時候寫什麼信。回來談離婚，自然先來一封離婚信，女人總有她傷心的千言萬語，連分手也要再說一遍莫名其妙的感情，就怕女兒也跟著她同仇敵愾，媽媽念一句，女兒寫一句，當然就順便學壞了。

我把信丟進背包裡。這畢竟不是隨便看看就好的信，反而如果在路上慢慢猜，還能猜出一些名堂，哪怕信裡她已宣判。用猜的至少可以慢慢死，說不定還可以自我啟發一些活下去的哲理，就像我們搭火車進隧道，眼前雖然一片漆黑，總也知道盡頭就有陽光，而陽光就在隧道的盡頭，看不見陽光並不表示永遠沒有陽光，只因為我們還沒忍耐到那個盡頭不是嗎？

一直以來我都不曾對她表白，早知道會來這封信，也許更早以前我就應該說說自己的處境。事實上那些難堪的傳聞幾乎聽不見了，上個月就有個財團派人來徵詢，問我要不要去主持他們旗下的設計部門，只要我答應下來，很可能就是讓我重新揚眉吐氣的時機。

但我多麼想要告訴她，那個機會後來被我推掉了。也只有經歷那樣掙扎又毅然放棄的時刻，我才明白自從她不在，所有的喜悅、嚮往和盼望也都跟著不在了，男人的名譽原來都是女人給的吧，從外面找到的都只是陽光下的霧影罷了。

第一次買房子，掩不住慌亂的那個下午，緊捏著銅板猛找電話亭，只想最快讓她知道，捨不得把那股喜悅浪費在別人耳裡。第一次設計案被獎賞，抱著獎盃回家時藏在背後，仔細算準了被她擁抱的瞬間，嘩一聲炫耀在她面前。第一次吃到會餐中的高檔料理，中途悄悄離席，打電話告訴她那美味、那心疼的獨享以及多麼想要和她一起品嘗的心意。第一次急著撲滅自己的謊言，把那開始不久的戀情草草了斷，沿著晚歸的小路快步跑回家，看到的是守在燈下的她的淚水……

既然先來了這封信，還想對她表白什麼當然是太遲了。

杏小姐給我的地址就是她說的水果店。我說到了那裡就會跟她聯絡，必要時再見面商量。她卻問我還要商量什麼？電話那頭防禦著，看來只要我把人帶走罷了。

我不曾來過這個小市鎮，據說這幾年光靠整個機場的周邊計畫就已蓬勃成形，果然一進入鎮區就有新式建築到處林立。她要我先到客運站，往右走到第一條橫街，老遠就看得到一整間紅豔豔的火龍果，那就是阿多的水果店。

但我還是找了很久，午後的水果店並沒有開門，沿路卻又停滿車子，斜對面還有個黃昏市場，因此兩旁都開滿了賣店，看來租金絕不便宜，卻在這熱烘烘的時段關著門，不可思議，難道杏小姐說對了，開這家店就為了等她上門？

來都來了，我只好站在鐵門外等他什麼時候營業，也不時望著街邊四處的動靜，流動貨車、轎車來來去去，並沒發現有人一看到車子就拚命閃躲的情景。一個多小時後，我找了一家冷飲店稍作休息，回來時店門上也只有白漆暗了一層而已，隔壁美妝店小姐剛好走出來倒垃圾，一聽到我要找店老闆，馬上回答說：「他沒開店很正常啊，這幾天都這樣，啞巴應該就在裡面，很少出門，大概不想看到人。」

原以為杏小姐說的是氣話，女店員也這麼說就越離譜了，好好的阿多怎麼會變成啞巴？情急之下我開始猛敲門，一大片鐵皮被我敲得波波浪浪，裡面根本沒回應，一停手鐵門又再死靜下來。我沒注意敲了多久，路過的人一個個轉頭看著，連最尾端的店家都跑出來看，整條街被我敲碎了。

後來我只好又走出騎樓，抬手掩著偏西的陽光望向二樓，陽台空無一物，牆面的磁磚掉了幾塊，窗玻璃一片背光的暗影，若還能證實上面確實有人住，只有垂在玻璃下的那一大片窗簾。

我是在兩個小時前趕到的，這段時間已夠讓我反悔。但又想到，如果就這樣轉身離開，可想而知這個人將會在我的世界裡徹底消失，那麼，我所僥倖以為他能為我洗刷罪名的期待，將也從此成為泡影了。

樓上樓下的死寂、背包裡的這封信、想要放棄又不甘放棄的心情。

黃昏將近時，我累到不得不就著一塊路緣石坐下來，然而就在這瞬間，一個小小的動靜出現了，那面窗簾正在移動，而窗簾後面很像有個被禁閉的小孩躲在那裡。窗簾只被拉開臉孔大小的縫隙，馬上又停住，因此我相當篤定就是他，是他發現到我才停下來的，否則早就毫不猶豫拉開或再關上了。

我繼續坐著，一動不動望著那簾縫，就讓他躲在窗後一直看著我。

他會下來的，我想，人世這麼荒涼，還有誰願意這樣等著他。

從防火巷溜出來的阿多，臉已曬黑，眼睛卻更亮了。上身一件灰呢外套，過長的格子襯衫穿出袖口，被他反摺在外，顯得外套變短了。他弓著上身迎接我，隨時掩著臉，看得出一身充滿恐懼，領著我來到防火巷的後門，沒有爬上二樓，而是直接鑽進店後面的小隔間。

三夾板隔起來的暗室，借不到前廳紅豔豔的水果光，只用一管垂吊的小白燈照在床上。雖說是床，只像個難以翻身的小睡榻，左邊靠牆則有一堆高過床頭的白色物體，滿室的臭味就從那上面飄了出來，細看才發覺那是數不盡的香菸頭，一蒂又一蒂疊成了山丘。

我指著像一座小山的菸頭看著他。

從不抽菸的他，此刻真像個啞巴，兩手一攤，聳聳肩，苦苦笑著。

如果每晚貼著牆躺在這榻上，抽完菸隨手一丟，菸蒂剛好落在左手邊這山頭。就算他是尾隨杏小姐來到小鎮，據她所說還不到一年，那麼這座小山無疑就是自我毀滅的證據，所有的毒氣已被他狂吞到肺裡。

他默默拿來一把塑膠椅，自己靠坐在床緣，無聲一直持續，兩個人好像坐在亭子裡等火車，沒有火車也沒有鐵軌，只有鐵軌那遠方無窮盡的寂靜。他真的已經不說話了。從他溜出防火巷對我招著手，一直到現在，我連他的呼吸都聽不見，緊閉著一條線的嘴唇，恐怕連空氣也被他謝絕了的那種死樣子。

就算不說話，逢人故意扮成啞巴，對我來說也太見外了。

趁他替我端來了一杯水，我想既然他不聾也不啞，那就聽聽我的自言自語吧。我說阿多，暫時不想說話也好，男人有時真的是說不出話來的，活著總是會面臨很多難題，其實有很長一段時間我也不想說話，卻也沒有人問我為什麼不說，可見每個人的生命中或多或少都有不想說話的時候。

但是阿多，一直不說話並不能解決問題，打電話給我的杏小姐都告訴我了，她說從來沒有聽到你說過半句話，這就太離譜了，你這麼做不是更吃虧嗎？愛會使人傷痛沒錯，但對你來說反而是沒有阻礙的，愛這個字沒有困擾的捲舌問題，甚至根本用不到你的舌頭，因為愛就只是愛——這樣的發音而已嘛，以前的人發明了這麼簡單的發音，不就是為了讓每個人都有機會說出來嗎？

阿多，一個女人願意跟著你，卻又不能從你身上聽到這最簡單的字，那你是要把愛藏到哪裡？其實我也很想求證一件事，你不想答覆也沒關係。我只想知道，為什麼阿杏就是旅館房間裡的那個女生，你願意說說這是什麼道理嗎？

你可能不知道這幾年我是怎麼過的，我的人生幾乎就被那件事毀掉了，所以我就更想不通，為什麼你反而把她當成一輩子的感情在追求？

阿多，本來我是不想來的，可是後來又想，如果我不來，大概就沒有人像我們這樣還能坐在這裡了。你不覺得緣分就是這麼奇妙嗎？幾百年後的人如果要做田野調查，說不定就會寫到這一段，說鎮上住著一個啞巴，好友來看他也變成啞巴，啞巴文化從此在小鎮流行，鎮上的人一傳十傳百全都變成了啞巴。考古學者用很精細的工具撬開一排排的牙床，發現每個腔口都完好如初，就只剩下那個賣水果的牙齒一直撬不開，連牙醫公會的人也被請來參一腳，埋著頭探究牙床的每個縫隙就是不得要領，最後狠狠幹了一聲，拋開他的鉗子下結論說：這啞巴根本就是冒牌的，當初他故意咬那麼緊，就只是不想說話而已，大家都被他騙了。

阿多本來危坐聆聽，一時被我逗笑了，眼皮臉肉都在抖，但就是還不開口，只從他過度謹慎的喉嚨發出哦哦哦哦、哦哦哦哦哦……，一陣陣樂壞了的啞嗝聲。

我只好接著說，後來那研究考古的不死心，開始調查這傢伙的牙齒為什麼偏偏打不開，經過好幾次召集而來的專業會勘後，才把這個問題推向更深奧的醫學領域，一致認為當時他是被自己的神經鎖死的，就像我們開車時方向盤突然鎖死一樣，車子雖然還能開，但已失去方向，這個人活著的時候就因為失去了方向，才會沒頭沒腦怪罪到自己的嘴巴，有一天當他終於想要說說話，連他自己也打不開了。

這時的阿多就不笑了。也只有趁這機會我才能轉入正題，開始把杏小姐在街上看到的，一字不漏地說出來。躲車子的恐懼，過馬路的恐懼，包括連他自己的店鋪都不敢打開的恐懼，這究竟是為什麼？原本我還寄望他能出面證實那件醜聞的真相，此刻反讓我陷入更深的自責，如果當年我不那麼感情用事，不那麼倒楣，不那麼軟弱就答應父親的哀求，所有的事當然就不會發生了。

他還是不吭一聲，我只好站了起來。好吧，你一定要這樣，那我就要回去了。阿多，其實我過得不好，你知道我有個寶貝女兒嗎，我來這裡之前她突然給了我一封信，到現在還沒打開呢。你猜她會寫什麼？下午我在路上都猜過了，如果這封信是她寫的，那就是直接把我痛罵一頓吧。所以我當然希望這是她媽媽寫的信，那就不一樣了，她雖然可能會把這幾年的辛酸全都寫出來，不過最後她還是會說：我早就原諒你了，你本來就是一個非常值得原諒的人啊……。

阿多你說呢，我雖然過得不好，但總還有一些寄望。你應該也一樣，就算你覺得一無所有，但其實那位杏小姐並沒有完全離開你，她只是擔心這份愛情不能維持多久吧，否則一個女人愛你，她就會一直愛你，不然何必打電話找我，直接又去報警不就好了嗎？

他看到我要走了，總算有了動作，眼球轉幾下，兩道眉毛跳著往上揚，這幾乎就是他已習慣了的啞巴訊號，只見他匆匆跑到前廳，從竹簍裡摸來了一塊白板——原來不只對杏小姐，他對客人都用這塊板子寫他的價錢。

他緊咬著那甘願啞巴的嘴唇，開始寫了起來：

——杏，同鄉人，送貨司機，平常替我載水果，變好朋友。

——我，拜託他把我撞死。條件，店給他，一年預付租金都給他。

——樓上櫃子十五萬現金，給他。還有，借給他的錢不用還。

——已拿走備份ㄧ丶ㄠ匙。有寫切結書，兩個禮拜前生效。

——我現在反悔，不想死，想通知他取消，故意不讓我找到。

一直寫，一直擦掉，白板上的疾筆一直哆哆哆哆發出點擊聲。

我真被他嚇到了，插嘴讓他稍停，問他為什麼想要被撞死？

——找不到杏，想死，把以前保險單的受益人變更，用杏的名字。

——以後她可以領到很多錢。勉強和我在一起，很可憐。

「那為什麼現在又不想死？」我說。

——前幾天，我已找到她，在街上。

「哦，所以你又充滿希望？那也沒必要看到車子就躲起來。」

——切結有約定，用他的貨車會被懷疑，用其他車子可以。

「把他的電話給我，我來找他談，這本來就是違法的。」

——他缺錢，怕我收回，都不接電話，隨時會開車來。

「阿杏知道這件事嗎？」

他猛搖頭，擱下那支筆，上樓取來他說的那張切結書。切結底下都已簽了字，雙方各在名下捺了指紋，那麼鮮紅的、觸目驚心的泥跡。

一個看到車子就躲起來，一個躲起來要撞死他，這不就是無時無刻正在進行的追殺？我被這要命的玩笑惹火了，語無倫次對他罵了起來，一邊走到前廳看著那些火龍果，一顆顆好比就是殺紅眼的證據，不知為什麼，心裡一陣陣酸疼起來。

天色已全黑，他還在寫，有些我還沒看清楚就被他擦掉了。做個啞巴也許就是這樣的吧，想寫的遠遠超過想說的，想擦掉的遠遠超過擦不掉的，杏小姐也許就是永遠擦不掉，才把他困在這盞昏燈下，不斷寫著說不出來的悲哀。

「有時我覺得，他很像你。」我突然想起父親這句話。那天晚上忘了問他到底是哪裡像，此刻看著這孤單的背影，我仍然不明白相像的地方，外表不像，處境也不像，除非父親說的是那種看不見的內心，或者是命運，在這荒謬的暗室裡……。

我摸著漆黑的防火巷走上剛來時的大街，抬頭望向陽台的窗口，只見那緊閉的窗簾此刻又挪開了一小縫，並且悄悄滲出了剛剛亮燈的微光。我想那又是他，是他在送行吧，那躲起來的身影依然看著我，只是沒有朝我揮揮手罷了。

3

離開小鎮時，我還是給了杏小姐電話，至少先讓她安心，並且說明我不至於像她所忌諱的，強要把她牽扯進來，她聽完後情緒緩和了許多。

但我說，有件事還是非讓妳知道不可，當面談談實在有必要，而我是真心想要幫助你們。她聽後並不反對，只對見面地點還有顧慮，於是我告訴她如果不想在小鎮上露臉，換個地方說不定還能紓解緊張心情。她當下同意後，我便直接和她約定了時間。

第二天，我照約定來到了空間明亮的庭園咖啡館，從大玻璃看出去一覽無遺，不至於讓她擔心有人尾隨或藏匿，而且這裡可談事也可享用簡便餐點，很方便她從外地來還要再趕回去。我替她設想如此周到，是因為阿多在那黃昏的白板上寫下來的最後一句話，使我覺得如果草草丟下這對怨偶，這輩子我將不會安心。

就在等著杏小姐的時候，臨時又想到應該給女兒打個電話。沒想到她很爽快就接聽了。我問她關於媽媽回來的事，如果時間已可以確定，我會準時在家裡等她。另外，我也順便聊起他們學校的事，聽說來了幾個新教授，以前教過我的某某和某某已經退休了嗎？但顯然她都不想聽，只針對我前面的話題回答。

「沒想到你會那麼急。」她說。

「這是當然的，我怕趕不回來，那就誤會了。」

「哼，昨天晚上你就沒有接電話，在忙什麼？」

「我想她應該不會這麼快回來，就去看了一個朋友。」

「聽你的口氣，就知道根本沒看信。」語氣倏地冷下來了。

「是誰寫的信，到底寫了什麼，不如先唸一段給我聽。」

「爸，你是從什麼時候嚇破膽的？」

「如果是什麼好消息，妳早就直接告訴我了。」

「別神經啦，有些事隨便說說就太廉價了。」

我想和她多聊聊，可惜不得不掛斷，杏小姐好像進來了。

她獨自一人，進門來悄悄張望著，若把她當年的歲數加上五，大約就是眼前這模樣，穿一件像外套又像洋裝的短大衣，臉上仍有那副依稀的美，只可惜多了幾分太早的滄桑，不快樂集中在眉頭，看得出阿多帶給她的憂愁。

我不便主動去認她，這會讓她覺得尷尬，畢竟初見面時她曾閃躲，嚇得驚恐小鳥那般，如果此刻直接叫出她的名字，不就擺明我還記著當時偷窺到的印象，何況在那種地方。

沒想到她一看到我就走過來了，幾乎不假思索，來到眼前微微行禮還自報姓名，叫林杏媚，電話中我就是聽錯了。我站起來迎她入座，寒暄兩句後，就在她翻著目錄點單間，我突然又想起員工休息室那一幕，覺得應該反過來說我當時是被她偷窺才對，因為她雖然閃躲卻也從指縫裡看人，因此我那急公好義的猥褻之色就被她記住了，不然在這八成滿的咖啡館，怎麼可能一眼就把我認出來。

當然我這種直覺大都來自凡事多慮的潔癖，養成這種性情活該一輩子愁苦，做什麼事都瞻前顧後，到頭來反而把事情弄得更糟。妻的離去就是鮮明的例子，當時我是應該把她強留下來，還是抱著傷痛讓她一個人自由？沒想到經過反覆思考後，最終的選擇卻還是最差的結果。

「謝謝。」她對著剛送來的柳橙汁說。

「杏小姐，」

「杏媚。」

「杏媚小姐，謝謝妳專程過來，就像我說的，阿多的事就是我的事，昨天我在他的店裡待了很久，什麼都弄清楚了，妳有什麼不了解的甚至還可以問我。首先我應該讓妳知道，有人正在追殺他，所以他非跑不可，並不像妳說的神經失常……，不過，現在釐清了就好，我同意讓他暫時躲起來，先避開。」

「啊，為什麼，是誰要殺他？」

「我會慢慢讓妳知道，暫時不會有危險的。」

「真的很擔心他出事。」

「我倒是需要請妳幫個忙，有個載水果的司機住在埔里，等一下我會把姓名地址交給妳，先打聽看看，我再想辦法找到他。」

「你那麼好心超過我的想像。」

「妳也一樣超過我的想像，」我看著她說：「妳都已經相信他是啞巴，還願意和他在一起，這就很不容易。」

「阿多這個人很單純，一直想要表現對我好，就這樣而已。你剛才說的『和他在一起』，不知道這是什麼意思，我只承認他真的對我很好，就是好到快要讓我受不了的那種好。」

「哦，他那麼真誠對待妳，我當然以為你們曾經住在一起。」

沒想到這好像捅到她的痛處，竟然就把話匣子打開了。

「大哥，我如果找得到對的人早就嫁了，幹嘛冒他這種險。要是你有個妹妹，你叫她找個啞巴看看，就像每天二十四小時對著一盤壞掉的唱機，受得了嗎？本來我還好心請他教我手語，結果他竟然也不會，那不就是連唱針都拔掉了。」

本來端莊坐著，這時別開臉吸著果汁，一股敵意吸得兩頰鼓起。

「杏媚小姐，這要我怎麼否認，妳還是一口咬定他是啞巴。這樣好了，為了弄清楚他為什麼變成啞巴，妳就乾脆把那天發生的事情說出來吧，接下來我們要討論什麼才會準確一點。」

「這不是我的隱私嗎？」

「當然是隱私，不過那天妳也公開報警了。」

她放下那杯柳橙汁，臉孔轉回來，兩眼好似對我展開資格審查。旅館那種事撩人又傷人，讓她先在自己的迴路上猶豫幾下也是應該的，我願意給她時間，換我開始吃沙拉，埋著頭不看她。房間裡的事，要她無緣無故說給第三人聽，想也知道遠比自爆家醜還難。我知道她還在看著我，只好留著嘴唇上緣沾到的醬汁故意不擦掉，讓她知道這人吃得多認真，也許才不會一直對我戒備著。

「好啦，」果然願意開口了，「我一走進去，心裡當然就七上八下，哪個男人不是那種惡狼。不過他竟然沒有看我，只看他的電視，兩手貼在膝蓋，只用屁股稍微靠著床，眼看就要滑下來了，不知道這算哪一招？我就只好站在門口等他，但他還是對著電視傻笑，螢幕根本就沒有打開。我說先生，是你叫的嗎？還是不回答，我就是欠人房錢才需要那麼賤，他幹嘛還在裝。我只好走過去推推他的肩膀，這時他才轉過來，真是天曉得，不知道我是哪裡怎樣了，突然死死盯著我看，那張臉突然紅得很不像話，就像憋氣很久那麼紅。」

說得好極了，我對著沙拉頻頻點頭。

「他就這樣盯著我，我再問了一次如果是你叫的那就開始囉。都已經這麼說了，還是不回答，看那發愣的樣子就好像碰到女鬼，還好我沒有脫掉衣服，不然被一個男人這樣盯著不如去死。結果你知道嗎，突然開始噎噎啊啊起來，他媽的，啊抱歉……我怎麼聽得懂他是要怎樣？我看這樣耗下去不是辦法，就想到反正自己都來到這裡了，幫他解釦子也沒什麼吃虧的，同時我也乾脆把自己的裙子脫掉，看他會不會正常一點。結果還是沒用，繼續愣在那裡，連襪子都是後來我幫他拉下來的，就好像在幫小兒麻痺的孩子脫衣服準備洗澡。

「房錢真不好賺，多累你知道嗎？」終於又吸了一口柳橙。

我已把沙拉吃完了，只好開始喝湯，既然喝湯就不能再埋著頭，只好邊喝湯、轉轉頭，漫不經心看著四周，就怕她對上我的眼睛反而說不下去。

「衣服幫他脫掉後，不知道他又在幹嘛，兩隻腳輪流踩著腳趾頭，好像彼此在幫忙他遮羞。怎麼辦，我只好去放音樂了，然後爬上床躲到棉被裡，這時他才遮遮掩掩摸上來。哼，從此變了一個人，就除了嘴巴不說話，全身肌肉都在說話，男人大概都這樣，什麼矜持、羞恥啦全都很假，簡直把我身上當泳池，游到最後游不動了也不說一聲，趴著偷偷換氣呢，接著又好幾回不罷休，我當然就發飆了。」

我不動聲色拿起紙巾擦掉了沙拉，順便就掩在嘴唇上。

「最讓我火大就是做完後，我急著要穿衣服，竟然不讓我穿，把我地上那幾件撈起來藏到背後，指著要我站在他面前，然後一次拿一件出來要替我穿。你說說看，我也只是想把房錢賺回來，說難聽是個妓女也不能這樣對我吧？就算脫衣服是他的權力，把衣服穿回來是我的尊嚴好不好？真是變態，我讓一個嫖客替我穿上衣服走出去，這算什麼，回去以後不就還是個妓女嗎？我說我不喜歡這樣，還聽不懂，當然我就大小聲罵起來了，沒想到他還堅持到底，都已經說要報警了，還拿著我的內衣捧在手上。」

她拿起杯子往背墊靠，認真吸了幾口，看來說了這些真的累壞了。

幸好她是這麼坦誠，這一番話總算替我解了謎，我想，阿多就是從看見她的那一瞬間才決定不說話的，可惜她並不知道自己是那麼重要。輪到我來說了，我先讓她知道，那天下午我把阿多送進房間時，他還跟我說了一聲謝謝。

「那聲謝謝就是從一個啞巴嘴裡說出來的。」我說。

我接著告訴她，從那聲謝謝說完已過了五年，簡直就像一種悲哀的紀念，他並不是感謝我帶他去那裡，而是在那事務所的三個月，沒有人像我那樣傾聽，有關他長期以來受到的嘲笑、冷落、凌遲，一連串的孤單歷程……。

我邊說邊觀察她的表情，沒什麼表情，也許有點錯愕，但就只是聳聳肩而已。畢竟她不是我，自然聽不懂我所感受到的悲哀。我只好又回到讓她記憶深刻的房間，「妳聽聽看，這是我的推測：他就在看到妳的剎那間，好像觸了電，因為從來沒有機會愛過一個人，也不知道究竟可以愛什麼人，這時他怎麼辦，想到一開口會被妳瞧不起，只好就像咬斷舌頭那樣，乾脆把自己變成不折不扣的啞巴，就算還是會被妳瞧不起，也就這麼一下而已，至少這個時代沒有人會去嘲笑啞巴了。」

當然我也補充說，杏媚小姐，說不定這也是阿多狡猾的地方，決定當啞巴總是要有代價的，他就是打定主意要從此跟著妳，否則有什麼必要賭上這種命運。」

「你把這件事說得太神奇了。」

「當然神奇，妳報了警，兩個人不歡而散，他怎麼還能找到妳？」

「警察打電話來說他還在拘留所，找不到誰來保他，問我還要不要提告？我想了想覺得自己也太衝動，碰到我算他夠倒楣，所以就決定不提告了，沒想到心太軟，還跑去保他出來，就這樣被他纏住了。」

好，聽到這裡，我覺得可以了，總算說出了那張保單的事。

「他找不到妳，一直想死，就把受益人改成妳的名字。」

她只聽到一半，似乎已不忍再聽，搖起頭來，不敢相信，難以置信，滿臉錯落著迷惘又心痛的神情，終於慢慢闔起眼睛，安靜得就像把自己闔在那雙眼裡。然後，當她聽到追殺事件就是因她而起，那緊閉的眼皮雖然還在強忍著，只在那條線上顫跳了幾下，但也就那幾下而已，沒多久就含著淚水把眼睛睜開了。

還有一件事，我並沒有說出來。

就在阿多越寫越快時，那些凌亂的字體是這麼告訴我的：他跟在她後面走了三條街，還躲在一家速食店的騎樓柱下等了半小時，就在她從店裡走出來的剎那間，他突然發現了她臉上那麼自在的微笑，而那是很久以來他不曾看到的笑容。因此，一直到看著她爬上公寓，他不再像以前那樣攔住她，而只是目送著她的背影，然後自己一個人默默走回來。

我問他為什麼，一直逃命不就因為已經找到她？

白板上的阿多說：為她活著也好，不然她會很傷心。

我要是重述一遍他這最後的決定，對他們兩人來說都太殘忍了。

其實我忍著不說的還有阿多的童年。如果過度描述那滿地的蛆蟲，那裸露著肩膀的阿雪的房間，還有從那房間裡爬出來的嬰孩，我怕杏媚小姐會把自己投射在阿雪身上，這將使她生出多少錯愕聯想，我真不敢想像。事實上，一個沒人要的孩子再怎麼爬，也不太可能從地獄爬到天堂，那要經歷多少的煎熬、沮喪、以及無人能懂的悲哀，才爬得到這世上稍微像樣一點的地方。

我把杏媚小姐送到客運車站後，由於還是記掛著昨晚漏接的女兒來電，趕緊又掉頭往回走。平常她連手機都不回，突然打了家裡的電話，這就不尋常，不得不懷疑那是身為女兒的直覺或暗示，她媽媽就要在今天晚上回來了。

這麼一想，忽然就有些驚慌，我毫無準備，那封信還在身上。忙著阿多的事，一時以為自己就沒事了。事實上心裡的痛無處不在，而這次顯然又空手回來，五年來每天就是這樣的空手回來，妻要是真的已經回來坐在客廳，眼前她所看到的我，一樣還是那麼失神落寞的我吧？

不遠處就是巷子裡的家，我突然開始感到害怕，這害怕更使我覺得自己非常非常悲哀，畢竟一直以來我是那麼愛她。我趕緊讓車速慢下來，慢慢停在路燈下。路燈偏黃，車內燈是那麼黯淡，但我想，我還是應該改變主意才對，在這最後的一刻實在有必要先把信看完，說不定是我猜錯了啊，人的一生總有幾封猜不透的信吧，我只好帶著猜不透的僥倖把信打開了。

爸，你過得很苦，媽都知道。兩個月前她就想回家，只是覺得還不好看，何況還沒做完最後一次化療。過年前醫生就宣布乳癌，堅持不讓你知道，說要和你吃完年夜飯，才肯搬出去治療。她很勇敢，她說軟弱的女人身上的愛最強，平常沒為你做什麼，這次總算可以為你養她自己的病。我不太懂，這算什麼，害怕沒人愛才那麼勇敢吧，難道愛你就要這樣嗎？

反正這是你們大人的事，說簡單一點，下禮拜要不要我帶你去接她回來？不會很遠，開車不到兩分鐘，她朋友的空房子，就在每天望得到我們家巷子的公寓樓上。超好笑，以為這樣就不會失去你……

扶著方向盤，一陣陣心痛使我顫抖。

離開事務所的日子，也曾好幾次掉入這樣的懸崖，只要有人在旁，根本沒辦法面對這種措手不及的悲傷，偶爾就當人面前啜泣起來。後來我總算學會最簡單的應對之道，譬如坐在漆黑的電影院裡，突然想哭，這時就只要把嘴張開，暗暗吐氣，先讓蠢蠢欲動的酸楚分次流散，這樣就能避免太過集中的潰堤，雖然一樣是哭，卻不會發出聲音，只在心裡而已。

不過這次顯然不同，是悲傷混合著甜甜的不捨與欣慰，就像寒冬暖流，這時就不須要再張開嘴巴了，其實有些悲傷是沒必要浪費掉的，反而應該讓它醞釀到飽滿，然後在非哭不可的瞬間一次爆發，這樣的哭聲就不會太過軟弱，我覺得這才是以後的生命最渴望的力量。

評錄

王定國的〈噎告〉頗奇異——儘管他的人物是被一切常識與義務緊緊裹住「正常過頭」的人——但裹粉不久就會掉落。無懼地迎向漫畫式的誇張與傳神，〈噎告〉是少數大膽利用戲劇性推動情節的「驚愕交響曲」。有點像「鴨兔錯視圖」，每個情節都提供了雙重意象。就以「怪嫖記」而言，一邊是「妓院解決一切」的古老幻想憧憬，一邊是「牛郎織女完全行不通」。此作不單手法有意思，透過手法呈現的嚴肅主題，也極為豐富。

《九歌一〇九年小說選》主編張亦絢

厭世半小時

雙方都在忍，看誰打破這種寧靜。

1

漢蒂是兩個人的名字。漢蒂早餐店。

幾年前的早餐店還沒命名，那時也只有一個明蒂，她掌廚兼掌櫃，煎餃鍋貼樣樣自己來，費工夫的豆漿則委外，每天清晨苦等沿街配送的豆漿車，輪到郊區這小店往往已錯過尖峰時辰。為了抓住上班族，她也曾上網求助黃豆粉的沖泡秘訣，口感卻更稀淡，加糖熬煮還是聞不到黃豆香，客源大量減少，只能期待社區老人拄杖前來，有的只喝兩口就留到餐後充當漱口水，仰天咕嚕幾聲沙嘎的穢氣，再把它吐在自己的豆漿杯裡。

直到初秋轉涼那日拂曉，明蒂發現路口來了個奇怪的人，他在急煞的車聲中從夜間巴士跳下來，車頂上正好落下當天第一道曙光。他背著大包行囊，頭上一頂壓深的漁夫帽，沿街對照著門牌和手上的紙條，最後停下來的地方，恰就是明蒂敲開兩顆雞蛋剛要下鍋的大鐵盤。

他點了十個鍋貼，一份鮪魚三明治，明蒂告訴他飲料沒得選，紅茶都免費。

最後一台機車噗走後的騎樓，只剩幾個老人還在細嚼慢嚥，這男的卻吃得更慢，時不時望著路燈逐盞熄滅後的暗光。明蒂打眼瞧他，臉孔曬傷，長T恤的汗漬黏在胸口，不知道那背包裡散發出什麼怪味，只見推輪椅的外傭不客氣地掩起鼻子，不多久那些輪子已被推往慢車道的林蔭中。

明蒂送上紅茶，聞到從他帽簷拂過的秋風中那股海藻味。男的叫住她。

「我是來幫妳的。」

她沒聽過這嗓音，想也不想他何人。天邊都有殘星，誰又認得哪顆殘星。

「這裡不缺人。」她冷冷說。

「我當然知道，」對方說得斬釘截鐵，「我也不缺錢。」

這時他打開了背包，從裡面拉出一截草繩，連著草繩拖出了八隻死螃蟹，野腥的氣味果然嗆得嚇人。他告訴她，這是從海邊親手抓來的伴手禮，上車前還活跳跳爬在簍子裡，途中滲出了異味才塞進背包藏起來。

三明治沒吃完，他先把一整串螃蟹拿進廚房，打開水龍頭泡在鋁槽中，順手摘下帽子沖洗揉淨，兩手抹著那張亂髮的臉，接著溜了幾眼廚間的擺設，開始正經八百踏著丈量的步伐，嘴裡念念有詞。

明蒂從店外跟進來，覺得這男人無禮又可笑，一來就是當家作主的架勢，也沒打聽這家店早已不堪虧損，再撐不久就要提前退租關門，他來這種破廟裝什麼神，沒看到香爐裡連灰燼都沒有了嗎？

「明天早上就可以開始。」他說。

「你是要做什麼？」

男人不回答，一逕撥出電話詢價，滿口磨豆機的規格、有機黃豆的行情……，掛完電話後，問她如果不住在店裡，鐵門就別上鎖，傍晚前他會開始備料，凌晨四點再來大顯身手，而她只要早上七點來開鍋就行，所有的雜事都不用操心。

明蒂說不出話，卻已慢慢想起曾經來電預警的友人，說有個男的一直打聽她的消息，莫非就是眼前這男人？她再暗暗瞧那輪廓，還是毫無記憶，想得到的只有去年出遠門那一次，可是那天晚上夜色模糊，根本就沒有察覺……

她機敏地往後退，想要轉身出去，卻聽見那些死螃蟹好像復活了，正撩著腳爪刮在金屬的槽壁上，並且發出了嗷嗷的吐泡聲。此刻她才意識到，苦日子也許過得完，恐懼的日子卻就要開始了。

凌晨四點他沒有來開門，因為整晚他就關在裡面，一步未曾離開。他把上午吃剩的三明治當晚餐，直接睡在油汙的磨石地板上，四點鬧鐘響，醒來先把浸泡的黃豆瀝乾，然後倒進磨豆機，直到汩汩的攪拌聲由下捲起。這段等待中他接著揉麵糰，腦子裡牢記著價目表上那些蔥餅蛋餅的種類，完成後再回到爐邊開大火，待那黃豆原汁慢慢滾出泡沫，這時他就守在爐邊不走了，握著大杓不斷翻攪著鍋底的沉渣，直到看見天剛亮的光從鐵門底下漫進來。

明蒂照他指示七點來，看到的第一眼是他貼在門柱上大寫的豆漿，客人已坐滿了騎樓，等她斜身繞進店裡，平底鐵鍋已在小火的爐上熱騰騰等著她。她悄悄伸指沾了水彈向鍋底，水滴陣陣滾跳後一溜煙不見，正就是她只要鋪上鍋貼就會喊嚓起來的瞬間。

經過一波波你來我往的忙亂，店裡只剩保溫櫃裡兩顆饅頭，他趁空出去抽菸，回來時明蒂正在數錢，一把零錢被她重重甩落在奶粉空罐裡，臉臭得要命，從頭到尾不發一語。店裡只有他這外人，與其無故惹惱她，只好又回到廚房，開始清理灶台上的豆渣，也把切剩的葉菜收拾乾淨，這時卻瞧見她已在櫃台那邊解下了圍兜，看來是要走了，兩眼對著店裡的空氣射出冷冷的怒光。

他趕緊跑出來叫住她，笑著說：「妳還是把鐵門鑰匙留下來好了。」

她回身瞪了一眼，問他笑什麼，「你到底是要怎樣？」

成漢還笑著。對了，就是漢蒂的漢。成漢說：「我很慶幸沒有被妳趕走。」

她不想再理會，昨天那股怒氣還在，覺得自己不僅被指使，一夜之間連廚房也被占領，越想越不對，走出騎樓時刻意鼓起後肩頸，越想讓他知道她不好惹，心裡越不安，難道又是個要來傷害我的人？

第二天還是一樣的凌晨四點。夜裡蚊蟲攻擊，他噴了大量殺蟲劑，戴上口罩後坐在廚房口的紗門下睡著了，醒來雖然昏昏沉沉，卻也沒有半點猶豫，備料就緒後就等著磨豆機再度響起，這時天未亮，屋後伴著蟲唧，寂寞又像刺一樣刺進心裡。第三天還是一樣的時間，且在那瞬間他充滿喜悅，心裡一再湧起從此以後都會這樣的決定，至於為什麼都會這樣，因為就是一定要這樣。雖然只見過她一面，卻已是那麼久的思念，好不容易找到這裡，還不能忍受這一點點的冷落嗎？第四天一大包的黃豆就快用完了。

一週後他卻發現了異狀，打烊的店裡陸續出現零星掉落的紙鈔，有的晾在桌腳，有的扔在鐵鍋下，再來更誇張，一整疊直接躺在敞開的抽屜裡。那是一看就知道的詭計，讓他直想笑，笑她用老鼠藥毒老虎，多麼笨拙的心機。他不想拆穿，卻又覺得如果視若無睹未免又太矯情，只好一次次幫她撿起來放在櫃台上，直到她再也無計可施，這般拙劣的誘惑才慢慢停止，但也使得空氣中莫名浮現一種尷尬的喜感，頗像默劇才演完，聲音卻還憋在喉底，雙方都在忍，看誰打破這種寧靜。

三個月後，房東上門來了，明蒂心知肚明，地點不好，租金又沉重，本來就打算棄租投降，怎麼知道一夜之間生意轉好，對方大概就是聞到了豆漿香，專程探消息來的。那麼，以後租約到期是要退呢還是要繼續，她不敢有想法，卻也不想那麼快拒絕，一陣寒暄後房東房客同時靜下來，似乎就等著誰來下指令。這時成漢剛好捧著一桶廚餘走出去，直覺背上掠過一道涼涼的眼神，他相信那是惶恐的眼神，但在他看來卻也是求助的意思：這個人還會留下來嗎？應該就是這樣的意思。

「生意只是剛開始而已。」他走回來，口氣篤定得讓她吃驚。房東終於笑著說：「這間店啊已經換了好幾手，只有你們做得最出色。」

明蒂表情冷，靜靜聽著他們這樣的唱和，不知道該笑還是該哭，本來就是白白的臉，此刻不知何故燒起一陣熱，白就更白了，白得心慌慌，毫無一點踏實感。

當晚她一直沒睡好，半夜打開陽台門，循著零落的燈光望去，巷口最暗的那屋頂就是她的早餐店，覺得好迷惘，根本不知道這男人帶來了什麼心思，既不是合夥關係，也沒有僱傭的情誼，發薪那天給的錢其實只夠他去看幾場電影。看他還是趕不走，第二次就更遞減，拿在他手裡不會不知道那點錢對他多輕薄，他卻數也不數，像超商給發票那樣直接塞進口袋裡。

他帶來的睡墊更讓她想不透，每天捲著圓筒狀綁在上下樓梯的欄杆旁，客人就算不在意，遠看卻像一大截黑木炭那樣礙眼。他若要租個套房或公寓沿街都有，一個大男人硬要這樣擠在樓梯下睡覺，到底像什麼，殺人犯嗎，逃難來的吧？

不過她已不再那麼感到恐懼，清晨來，午前就離開，完全避開了一個男人的黑暗，且又不必管他生死，是他自甘如此，沒人要他吃這種苦，撐不久總是會走的，只怕生意做起來卻又故意走得無聲無息，像惡作劇一樣，讓她天剛亮突然措手不及。

睡不好當然就因為這困擾，每晚總是不安地揣測著，想到天亮後就要去煎鍋貼，究竟那鐵門是開著的，或者終於還是關下來了。於是每次快要來到巷口，總要稍稍偏著頭，閉上眼，然後慢慢瞇出迷濛的細光，瞧那騎樓下還有沒有擺出那些桌椅？如果有呢，如果沒有呢，心裡其實是沒有答案的，什麼都知道的話，人生也就不會這樣了。

去年出遠門就只有那一次，根本不知道會有這個人窮追而來。

那是一場靈修性質的聚會，友人強押著她去朝聖，經過漫長的翻山越嶺，火車停靠在一處荒涼的小站，有生以來第一次從窗邊看見了海。

「聽聽海浪、多接觸一些人，對妳有幫助。」友人是這麼催促的，說自己曾經也和她一樣，好幾年一直走不出來。

初夏傍晚的沙灘，撿拾漂流木的年輕男女陸續歸隊後，友人把她介紹給他們，不久之後她的雙手已被左右兩邊的人分別接了過去，圓弧一拉起來，潮聲變得很安靜，聽得見沙子被海水洗淨的聲音。

手持大聲公的領隊開始致詞，他把活動取名為「海的祕密」。其實海是沒有祕密的，他說，開闊的海象徵包容，海浪會捲走我們所說的話，而且不會再以原來的面貌回來。大聲公繼續說著，要求每個人輪流介紹自己，和大家一起分享從痛苦中重生的真實往事。

明蒂聽了就想逃。在她後來被證實的極短暫的生命中，好不容易才走到這沙灘，何苦還要站在眾人面前揭開自己，這才是最痛苦的吧。她只想趕快回到即將開張的早餐店，那裡只要忙一上午就能填飽肚皮，其他那些填不飽的已沒有意義。

但好像來不及了，她的兩隻手已縮不回來，一邊是男人的手勁，一邊是陌生女子的熱情，使她覺得忽然又沒有了自己。圈子裡開始有人低語，幾分鐘後又輪由另一個人說著自己的脫困經驗，輪到的人先跨前一步，讓火光照亮他全身，因此所謂的痛苦很快就如糖蜜般融解在溫潤的笑臉上。

她卻憋著一句話，心裡說，放過我吧。

這時卻突然響起歡呼聲，每個人紛紛往後看，只見堤防出現一個綁頭巾的男人，他提著帶柄的長形木箱，正沿著鑿石的棧道走下來。大聲公說，今天的熱炒店最辛苦了，等他送完這道菜，我們歡迎他留下來好嗎？大家拍手叫好，正在自我介紹的節奏自動暫停，她也暗自慶幸逃過了一劫，吁了一口氣，看見頭巾男子已從臨時讓開的缺口走進來，然後蹲在柴堆旁替他們分菜，嘴饞的幾個一擁而上，嘖聲讚著箱子裡每人有份的玉米、香腸、雞翅膀……。

然而後來還是輪到她了。

柴火燒起來了，潮水很安靜，沙子是金色的，環繞成圓弧的每一雙腳霎時清晰起來：裙子的腳、牛仔褲的腳、裸露到大腿的腳……，此刻出現在他眼前的是一條七分褲，底下兩個腳板正在互蹭著，左腳不斷挖沙，右腳則撩起沙堆幫它掩埋起來，掩埋後落單的右腳只好自行鑽洞，像落荒而逃的螃蟹扒得沙土隆起又四散，不像左腳已經躺在溫暖的沙窩裡。

這時她終於開口了，只說了兩個字，明蒂……，說完不再有聲音。他默默蹲在一旁分菜，突然很想幫她，只要趨前將那些沙子蓋上她的腳背就行了，然而一旦兩個腳板都埋在沙堆裡，接下來她要怎麼介紹她自己，不就像個不能移動的軀殼漂浮在沙灘上嗎？

「我叫明蒂，」她又說了一次。

他的目光從腳板移上她的七分褲，來到她的腰身以及緊抿著雙唇的臉上，臉上滿滿的憂愁，掛著求救訊號，一看就是不曾快樂過的表情。如果能被允許，他很想拉著她離開，才不至於讓這眾目睽睽的卑微繼續受傷害，這是他做得到的，畢竟自己曾經也是這樣的人。

人圈裡靜默著，潮水停在岸邊，一隻海鳥呱呱兩聲後飛走了。他還在猶豫該怎麼幫她，幸好已有人適時填上了她的空白，節目才又持續進行，風微微吹來，轉弱的火光再度捲上夜空。他則不動聲色，分完了菜從原來的缺口退出去，爬了幾層棧道坐在堤防上，然後再三確認她所處的位置，雖然已看不見她的臉，但她頭上的星星彷彿正在指引，使他更相信那張臉已映入他的生命。

他一直等到活動結束，分組的人群逐漸散去，這才又回到沙灘，拎著隨身的尼龍袋開始撿拾野宴後的殘骸。裝滿空啤酒罐的袋子被他拖在背後哐啷響，像個孩子玩著舉目無親的遊戲，實則他正在尋找她的蹤影，直到因為遍尋不著而焦急地奔跑起來。

後來他跑回熱炒店，逢人就打聽下午前來訂菜的人，有的搖頭，有的搔著腦袋後還是搖頭，最後是女會計翻出了帳單才找到一個電話號碼。為了打聽她的下落，這組號碼從此輾轉千山萬水，每個接到電話的都想幫他，而他總在期待落空後緊接著又陷入落空的期待。但越是這樣，他越無視於曾經困頓的傷痕，找她的意志反而更堅定，一直到終於背著行囊從夜間巴士跳下來，前後歷時一年三個月又五天，難怪那日拂曉看見那一道曙光時，內心莫名激盪，一瞬間讓他熱淚盈眶。

2

手工豆漿紅了早餐店的口碑，日營業額開始破萬起跳，明蒂反而不再像往日那麼繁忙，她幾乎十一點過後就能抽身，慢慢逛進傳統市場買她晚餐下廚的食材，帶回清理一番還來得及回來關帳。

午前等著打烊時，成漢總是靠牆坐在長椅上，直稜稜的肩頸挺著兩眼緊閉的臉，不像在等客人，卻只要有人上門就能彈跳起身。他還能分辨明蒂的腳步聲，從街廊那邊走過來就聽得見，碎步、停步、讓一下摩托車、再慢下來逗逗狗，或者也有扶著牆壁大概感到暈眩的時候，通常這些不同頻率的聲音出現時，她那有點左傾的鞋跟會再幫他辨認，因此只要確定是她，而且已走了進來，他就把兩眼闔得更緊，睡熟了那樣。

明蒂並不相信他那麼能睡，好幾次走進店裡故意不吭聲，想抓他裝睡前那對活蹦亂跳的眼睛，結果就是一直緊閉著，完全不讓她發現微瞇著或顫跳著的眼皮。在她面前，他就是要做個無關緊要的人，這是深思熟慮後的決定，半年下來已變成了習慣，不看她，不嚇到她，不為難她，甚至不讓她覺得他還活在眼前。這很難，但他做得到，即使下午需要出門購物，他也盡量避開她常出現的路徑，萬一遇見了也會趕緊閃開，然後等到傍晚草草吃過飯又回到店裡，從此關緊鐵門直到天亮，讓她相信這男人就算一直賴著不走，到底是個上天派來的好人。

打烊前的店裡實在太安靜，明蒂偶爾就會坐在櫃台寫信，寫信前先觀察，看著他的頭臉胸肩兩隻手甚至看到骨盆腔，只要什麼地方出現百分之一秒的動搖，她就寧可不寫，就看他這活化石裝到何時。有一回客人同時上門，這種寧靜的對峙才暫時停止，她忙著去煎蛋餅，他跟著跳起來，來來去去送完飲料後，經過櫃台時總算瞄到了她在信上的弟弟。弟弟你今天又有進步了嗎？他不敢停下來，但也不想被她排除在外。弟弟你會好起來的。他跟到煎鍋旁，拿著紙盤等她起鍋，順便又再溜它幾眼，於是那個弟弟又來到眼前：多忍耐啊，我一定會把你救出來⋯⋯。直到客人吃完了，他開始收盤子，那還沒寫完的信已被她塞到抽屜裡。

這天中午總算讓他聽到幾許的惻隱之意，朝著綁在樓梯角的睡墊說：

「你不知道這裡油煙特別多嗎?該拿去丟掉了。」

「還好,每天晚上都有拖地板,還用酒精消毒。」

「附近很多空房子,隨便找一間都比這裡好。」

他不太確定這訊息。如果做滿一年的苦役就能打動她,那就快了,只剩不到半年的刑期。他不敢妄想時間能縮短,萬一耐不住,不僅白來這一趟,甚至有一天,他想像有一天聽了她的話,果真去租了房子回來,鐵門已換了鎖,而她躲在裡面不回應……。

「不然上面有一個夾層,雖然堆滿舊東西,清一清也像半個房間。」

聽來誠懇,故意說得不誠懇,隨便說說而已的樣子,不看他一眼。

半個月後,他卻發現樓梯轉角擺出了一雙拖鞋。平常他只睡在下面,根本不曾想要爬上樓,這雙拖鞋無疑就是神祕少女的心防,到底是對他打開了呢,或者又像撒鈔票那樣只是對他試探著?

幾天後他終於悄悄爬上樓,夾層很低,頭髮幾乎抵到白色平頂,所謂的舊東西卻都不見了。他覺得不可思議,應該是某日下午趁他外出時僱人清理的,而且還載來了一張單人床,床靠著白牆,其他空無一物,大概只供他躺下來而已。然而他沒有躺下，不敢躺下，默默又回到樓下的過道上，把黑色的睡墊鋪開，這才躺下來，心裡再度湧起往日的悲哀，覺得她暗地裡所做的，已經超過他所能想像的溫柔，雖然只像蜻蜓點水，卻已讓他感到波濤洶湧。

弟弟，我們都撐過來了。

她又在寫信，這次先把錢數好放在旁邊，等寫完再夾到信裡。自從早餐生意變好了，她很欣慰又能寄錢回家，以前傻傻地寫信，總是等不到回音，才知道弟弟根本收不到信。上次同時寄了錢，雖然明明知道將又是白費，至少寄去的信不會又被拿走，幾天後果然弟弟就有了消息。

只愛酒杯的那隻手，藏了多少她的信，一想到就氣得發抖。幸好弟弟不氣餒，靠著不想死的意志撐下來，就算狀況差的時候連餓好幾天，最後也會打電話求救，讓附近的里長託人送餐放在他的房門口。幸好這陣子他稍有進展了，會悄悄出門四處走走，還寫信來說他去過哪裡，遇見了誰，看到了多少有趣的事物。她想再過幾年吧，或者就算還要好幾年，只要他的鬱病好轉，她也要教他做早餐，一起把生意做起來。

寫著勉勵的信，腦海裡還是恐懼著那個人。男人如果是從外面帶回來的，還會像個人嗎？母親守寡多年，難得找到一點依靠，兩姊弟不敢阻擾，從此和她一起墜入深淵。那個人剛來的時候還算順眼，一喝酒馬上變回原形，摔杯子，翻桌子，再來就是打人。社工上門查訪那天，戒了半天酒，裝一副文謅謅的死樣子，還特地打起人模人樣的領帶，恭謹地倒水給客人，竟然也端來一杯給她，兩手捧著，水杯裡晃盪著，擺明就是知道她去報了警。在那當下她能想到的就是逃，來不及想的是房裡的弟弟，還有就是簡單的衣物、逃難的錢，社工看她頻頻使眼色，刻意讓她送客到門外，才抓緊了機會逃離那個世界。

去年母親的忌日，下定決心硬闖，當晚的回程票也一起買好，想不到這男人已三天不見人影，早知道就陪弟弟多聊一夜。整個房子像被颱風掃蕩後那樣的殘敗，三個房間只有弟弟那間關著門，她跪著單腳趴在門下喊他，直到推門進去才發現他戴著耳機坐在陽台，已經分發到部隊卻又被除役的蒼白的臉，眨著一雙沒魂的眼睛，看見她回來眼淚跟著掉下來。

兩姊弟反鎖在房間，時不時附耳傾聽門外的動靜，她說得快又細碎，像在交代逃難的遺言，不知道弟弟聽懂否，那煎熬的身心又能撐多久，只知道他也跟著緊張，急著告訴她里長又來過好幾次，都被趕走了，再也不怕誰來指指點點。

「沒事的。」明蒂說。

「不要再說沒事，姊，那天晚上我都看到了。」

啊，她強把自己的聲音噎住，喉嚨燒起一團火，眼底又是那個迷濛的夢魘。那年是何年，那日又是何日，那半夜裡的嘶嚎一下子穿越她的殘生，被掏空後的她只能裹在棉被裡，直到天亮還沒把衣服穿回來，整個身體彷彿都不見了。

信寫好了。

「李成漢，你再幫我寄信。」

她把糊好的信封拿在眼前晃晃，交代裡面有錢，改用掛號郵寄。

這段日子他已跑了好幾趟，都不曾拒絕。忙碌中她偶爾抬頭看，發現他又穿梭在滿客的桌間，才想到他早就從郵局回來了，就是不知道已經回來了多久。

「李成漢，那一桌要結帳……」

只要忙著煎鍋一時走不開，她就這樣差遣，並不覺得唐突。

或例如說，李成漢，下個月開始賣一些豆沙包吧，說得也很自然。

若有人上門乞討，看著他直接從收銀機拿錢給錢，早有了這樣的默契。

也可以說，這麼多年來總算第一次，當她連名帶姓叫著一個男人的名字，竟然可以感受到一種平靜和安心，這是從來不曾有過的，雖然只是三個字的短音，感覺上這樣的叫喚卻已足以撫平某種不安的傷痕，即使他都沒有回答，竟好像已經回答了那樣。

於是來到了這天下午。

這天下午她悄悄來到店裡，確定他不在，開了鐵門又拉下來。自從上次替他買了床，這大半年的每個午後再也沒來過，反正被他佔領的世界就這麼小，根本不想管他不做早餐時做什麼，沒事就來突擊檢查難免會尷尬，而且兩人都一樣冷，硬要說起話來就像兩個深谷隔著一座山。

不過今天是來談事的。想了一整夜，滿腦子就是年底到期後的租約，房東電話來問了，大概仗著早餐店生意好，直接問她要不要提前再續約，不然以後這賺錢機會就要讓給別人。

想了一整夜，當然就因為店裡這個古怪人，以前趕他不走，租約到期應該就沒話說了吧，然而這麼簡單的事反又讓她煩心，一旦他走了，不就要一起關門了嗎？若要認真算，每個月賺的其實都是辛苦錢，租金並不便宜，是她占了他的便宜，薪水只給半個月，其餘的若不是被她扣著不給，就是他也堅持不要，酷得要命，不知那腦袋裡怎麼想的，就算真的不需要錢，能撐多久都不需要呢？

朝北的房子陰暗，只有少許光線從鐵門的條縫篩進來，這隱密的光彷彿幫他守護著專程帶來的好消息。是的，昨晚終於想到的，也就是邀他合夥，以前少給的就當作他的股金，以後的盈餘各自一半，他願意的話就從明天起算，或者從明年新的租約開始也可以，以後各自沒有虧欠，也不用再擔心他有一天撒手走人。

出門時雖然一度猶豫，最後她還是穿來了短裙，經過這麼漫長的蟄伏，彷彿第一次走進別人的春天，四周紛紛瞧來平常看也不看的眼神，竟然就讓她害臊著了，充其量只是短過膝蓋十公分的花裙子，穿在自己身上卻像完全裸露了那般。女人一旦受過傷害，唯一剩下的大概就只有這一點點分寸吧，還能不省著用嗎？

打從穿起短裙那一刻，心裡就這樣一直雀躍著。

不禁又想起每次打烊先離開，總有一雙眼睛跟在她背後，越是這樣更不敢回頭，只能把那悄悄的凝視帶回家，日久之後竟然也會寂寞。每次直直喊著他，喊完才又覺得好像缺了什麼，只好謹記著下次是不是應該對他放低聲量呢？每次看他曬著那兩條圍兜，自己的紫色老是被他緊靠著，他那黃色黃得好露骨，慢慢晾乾後顯得更輕薄，飄著飄著像要染指過來的樣子，看久了竟也覺得那樣的曖昧有點難受……

好想抱住他。

光線慢慢變短了，殘餘的光影拖在長椅上。她試著去坐下來，學他挺起背，顧著不動的肩頸，連頭髮也貼著牆。試了好幾次，還是不習慣眼睛一直緊閉著，因此她很快又睜開，卻看到了平常坐在對面櫃台的自己，這使她忽然又有點惶恐——只要他一直坐在這裡裝睡，這角度剛好對著她的素顏，不快樂還有什麼素顏，醜醜的樣貌每天都被他瞇著瞇著看盡了。

想到他已快要回來，她趕緊抱起紙袋，袋子裡都是幫他替換的物品，例如牙刷，男人的牙刷都不常更換的吧，或例如香皂、面紙、用到黏膩出油的梳子，從沒看過他出門買過這些，孤僻到一點點什麼都不讓她知道，到底還有多少的不知道被他藏了起來。

她爬上夾層，想把盥洗用品歸位，迎面卻是一圈圈的蜘蛛網，黏答答的絲線撥開又纏來，而她最在意的那張床，剛買不久已經泛出灰灰一層粉沙。這把她愣住了，他根本不曾睡過一晚。為了再求證，她衝進浴室一看，就是看不到他曾使用過的痕跡，轉開的水龍頭咕嚕嗆了幾聲，慢慢才有斷了氣的鐵鏽水洩出來。

無處可坐的房間裡，她沮喪得乾脆蹲在地上，一蹲下來卻想哭，轉眼間那股自信已瓦解，剛才的喜悅忽然都不見了。眼前這情景，比她的想像還陌生，本來以為他會把行李搬上來，床架下面都是空的，只要東西慢慢多出來就會像個臨時的家，難道他不需要嗎？真的一定要像個失魂落魄的男人那樣嗎？

其實她早就想起來了，那晚她獨自躲在沙灘岸上，看到的頭巾男子分明就是他，拖著匡啷匡啷的尼龍袋，跑遠後又跑回來，四處巡望著，所有的人都跑光了。她卻看得入迷，以為那是海邊男人一種無聊的遊戲，沒想到那根本不是遊戲，原來他是在找她，還聽說找了幾百里，找到了卻又這樣拒人千里，到頭來也許只是她自己會錯意，被他像玩一場遊戲那樣糟蹋掉了。

頭巾男子回來了。

他買了幾個橘子，兩個胡椒餅，一份用來躲雨的報紙。被雨打濕的報紙後來一直放著，剛開始是忘了丟掉，想要丟掉時已經丟不掉了。報紙的日期正好印證著此刻他所見到的最後一面，當然也是最後一天。但他毫無預感，甚至內心充滿驚喜，因為鐵門關下來的瞬間馬上聞到一股香味，而她的香味一直都是紫色的，紫到深處的那種落寞感，如同搓洗著她的圍兜時，這種味道就會從她的腰身飄出來，聞起來甚至有點淒涼。

所以當他瞧見從樓梯口急奔下來的身影，心裡馬上悸動不已，多麼想要趁這機會叫她的名字，畢竟每天的見面只有早晨，不像現在可以拉近彼此的距離。可是她正在生氣，她一生氣馬上翻起更白的臉，兩隻眼睛稍拉長，瞇著不看人，掩在凌亂的瀏海下眨著莫名的淚光。

她不只生氣，此刻他發現自己的睡墊已從梯階上翻落下來，顯然是被她用力踹下來的，原來的綁繩鬆掉了，很像攤開了他的身形趴在她腳下。他不敢上前，只能先把燈打開，沒想到燈光一照，那貼在牆邊的身影馬上縮成一團。

是啊，她就是沒想到他一進來就開燈，這燈光多像落幕時分，一瞬間把她不想裸露的全都照亮了。她開始後悔為什麼要穿來短裙，邀他合夥的事更不想說了，多麼丟臉的事，就為了討好他，才那麼慎重專程來，這一定會被他恥笑吧，男人不都是這樣恥笑人的嗎？

生著氣，只好氣到底，於是對他說：

「明天我要回老家，不會來這裡，結完帳你就放著。」

「我可以借一台車子載妳回去。」

「管好你自己的事。」

她說完瞪他一眼，直直走過他頭上的燈光，看他沒打算開鐵門，決定自己開，扳著十指往上抬，鐵門咧咧咧不到一半，心好痛，眼淚暗暗含著，想到再不低著頭鑽出去，剛才那樣的醜態又要被他看見了。

早餐準時開賣，卻已端不出好喝的豆漿，客人啜著大量冰塊來不及溶解的紅茶，一口熱又一口冰，悶悶沒說什麼，倒有幾個熟面孔按捺不住，紛紛探問明蒂去了哪裡，於是就有人搭起話來：

「一定是回去辦嫁妝。」

「我早就看出你們很像一對夫妻。」

「記得要發帖子喔。」

他聽著默不作聲，勉為其難開始送紅茶，大冰塊還卡在桶底，心裡就像壓著那塊冰。半夜裡一直心神不寧，豆漿煮了兩次，鍋底燒焦了都沒察覺，本來是他最拿手的，整個心思都被她帶走了。

他一再回想，倘若當時把那被踢翻的睡墊當回事，好好問她為什麼氣成那樣，說不定還有轉圜。他犯的錯就是太沉默，就像當初沒說清楚就登堂入室，直把她嚇在一旁，從此為了讓她免於恐懼，一切都聽她指使，忘了當她手足無措時其實只是個孤單的女人。

不然他認為，相識以來，昨晚的燈光最美，是他第一次在燈光下看見她，多麼想要和她長談，說說自己為什麼大老遠找來這裡，反正遲早都是要讓她知道的，卻沒想到她突然莫名崩潰，從來沒什麼交集竟也悄悄掉下眼淚，可見導火線還是那張床，早把它說清楚就沒事了。

因此他已想好，就等她回來，他會說明白海邊那間熱炒店。那段幫傭的日子，他也一樣婉拒了朋友的空房，每晚就直接躺在鐵皮屋頂下的泥地上，海風吹過鐵皮會有一種冰冰的口琴音，而四周如曠野，沒有人也沒有一聲狗吠，那種孤寂如同置於死地，不再有任何懸念，只有隱隱然一股重生的喜悅蠢蠢欲動，像蟲一樣沿著冰冷的背脊慢慢爬進腦海。

這樣說當然還不夠清楚，明蒂也不可能懂，但事實就是這樣，只要他一躺上床，全身的神經就會緊繃起來，所有記憶開始對他襲擊，一整晚都別想安寧。前後兩個醫生都曾問他所歷何事，也沒有一次說得明白，只能大略描述他曾為了撿回一頂被風吹落的帽子，誤把水塘看成灰色泥地，一踩空才發現表面只是一層薄冰，而兩隻腳已陷入濃稠又冷冽的泥淖中。四周昏暗，沒有人來幫忙，同伴們邊走邊笑著，他們趕著要去山頭迎接新年的曙光，而她也是，照理說她不應該是，她應該為他得不到救援而生氣，且趕快找一根竹枝拉他上來，結果她甚至感到羞恥，從頭到尾不發一語，默默跟著那些簇擁的腳步一起離開他。

那是她的帽子。

小學愛上她，從此跟著她進入中學，再退一萬步用第三志願進入她的大學，然後一起踏入這寡情社會。感情路上的至死不渝，原來就是那樣一陣風，那種瞬間的淡漠竟然遠比真正的疏離還要絕情。被吹落的帽子只是個象徵罷了，此後她的冷漠、迂迴、一次次的謊言才開始接踵而來，直到某個夜晚敲著她久久不應的門，才知道從此已經萬籟俱寂。

即使不是那頂帽子，生命中的任何時刻，遲早也有其他的什麼會被風吹走吧。因此他不吞藥，也沒有割腕，根本不做那種更羞恥的事，他只選擇放逐離鄉，躲起來兼差各種網頁設計，也曾做過民宿管家迎接款待一對對的甜蜜新人，直到那種種甜蜜快讓他窒息，才又翻山越嶺，來到寬闊的海邊暫宿下來。

於是才有那天傍晚的沙灘。倘若當時不是蹲在人圈裡，根本不相信這世上還有個讓他心疼的女人，那雙腳一下子劃開他的傷痕，明明就是她自己的痛，卻也讓他痛得毫無道理，難怪那瞬間他一點都不遲疑，心裡是那麼篤定，即使再也不相信愛，終於還是愛上了她的孤單。

至於為什麼會是她，因為就是她，沒有人像她。

明蒂原本要搭客運，卻又想到摩托車已多日停擺，而若騎車回去還能載著弟弟出去走走，於是臨時又改變主意。她的起點還是早餐店，騎到斜對面的街口停下來，藉著路邊車輛的掩護看見他兩手貼在腰際，躬身聽著有說有笑的一家老小。他對別人是那麼親切呢，看了更加黯然，本來沒打算回去的，是那瞬間不知道怎麼面對自己，才說了那樣的氣話，現在只好真的出發了。

她騎出街區後，沿著快道旁的小路穿進縣界的郊野，客運通常不走這條捷徑，以前還有個小站，載不到客人就撤掉了。母親去世前載她走過這裡，看完電影急著趕回家，雖然再快也要半個多小時，她卻轉過臉對她說：阿蒂啊，妳知道嗎，我越騎越害怕，好像很快就要到家了。

「那就回頭啊。」她吃著風大喊。

然後聽見母親悲哀地叫著,「什麼話,妳弟弟還在家。」

就為了弟弟,母親走了十年她才逃出來。太慢來到外面的世界,才發覺原本伶俐的手腳都笨拙了,只好暫棲在安親班帶小孩,晚間報名學繪指甲花,逢到假日又擠進了烹飪班,不容時間白耗掉,滿心期待那些失去的都要找回來。

她就這樣找到了愛,男人對她好到夢裡會笑,可見想要多麼幸福都能在夢中。男的開賓士,一樣只有普通文憑,早晚載她去補習,為她將來的身分做準備。她一聽到對方父母準備設宴款待,馬上花掉半年積蓄打扮自己,第一次學穿高跟鞋,走起來像鴨子,試了多少次才慢慢相信自己可以變天鵝。晚宴設在飯店裡,她臨時帶一條假項鍊放進皮包,打算如果不夠氣派就去洗手間掛起來。結果男方家族來了八個人。

「妳這樣騎車危險啦。」一個檳榔大叔叭她兩聲,轉過頭來叫罵著。

八個人的家族團上座後,她跟著他從舅舅叔公喊到伯父伯母,喊完就剩旁邊兩個位子空下來,於是大家開始等待。菜單上有龍蝦,她瞄到下面一行是甜點和水果拼盤,眼睛只能放在這張卡片上,暫且避開了他們的小聲交談。可是幾分鐘後他們已不再說話，只聽見男友正在幫她解釋為什麼家人沒到，因為她爸爸出國接單，她弟弟還在開夜車衝刺聯考……

然後她應他要求站起來，把她最近所學稍加粉飾，說她還在摸索，以後會再更努力……。沒有人看她，菜還沒來。他們彼此交換幾眼，拿起濕毛巾，喝點果汁，懶散的目光游移在讓她對不上的角落。但她還是很認真，就她所學延伸到孩童的早餐，若有機會，她說若有機會我要開一家孩童早餐店，孩子們不再賴床就是為了要來吃早餐。這時她才發覺身上缺了什麼，胸口陣陣冰冷，氣喘不上來，原來忘了戴上那條項鍊了，整個脖子都涼掉了。她不知道他們為什麼突然那麼冷淡，這使她開始不安，覺得很對不起這些人，很不應該擁有這個夢，而且也非常的不配，畢竟是曾經被汙辱的身體，穿得再好看還是抹不掉汙辱過的痕跡。

這時後面跟上了一台大貨車，和她一樣停在路口的待轉區，開車的探出頭，音樂轉小聲，看來是要罵髒話了，嘴裡唸著什麼。她不理會，卻聽見鵝叫著，原來滿車都是鵝，一支支的長脖子挺在鐵籠裡看著她，像在期待誰來救牠們出來。

她還是等著他，卻已不敢想，家族團散筵後，人也慢慢不見了。

從此她開始生病，想死又不想死，病到第四個月某一天，推著點滴架過馬路，走進一間空盪盪的三面牆，房東就在裡面等著她，被她的樣子嚇了一跳，臨時答應可以不拿三個月押金。合約簽下來後，她才開始想像早餐店的雛形。

然後就是那天晚上的沙灘。朋友專程帶她去那裡，應該只是要幫她療癒，不見得早已安排頭巾男子在等她。可見一切純屬偶然，一年後他帶著那八隻螃蟹來，恐怕也只是男人的浪漫，無處可去，投靠一個落單的女人，不就只是這樣而已嗎？何況那些死螃蟹後來還是又死掉了，白吐了那些離鄉背井的泡沫，死了兩次，真不知道那又算什麼遊戲。

剛才超前的貨車慢了下來，莫名其妙跟在她旁邊，到底是逗她玩，還是他的車子有問題？她猜得出那一臉的猥褻，正想要瞪他幾眼，才發覺安全帽裡滿臉都是淚，早已模糊一片。鵝叫著。路面正在微微上升，不遠處就是那條大河溝，過了河溝橋就算進入了鎮郊，也就是快到家了。弟弟還不知道她要回來，她也不知道那男人究竟在不在，這一趟會不會又是冤枉路，人生為什麼會這麼累啊。

陡坡就在橋前，貨車催足了油門上去了，她放慢了速度，等著它先上橋。然而怎麼知道呢，貨車卻在這時候突然頓了一下，開始往後退，而且明顯地滑下來了，這時她又聽見鵝叫著，鵝們嘎嘎嘎嘎地大叫著，好可愛，牠們竟然也會吶喊，她就這樣聽著，一直聽著一直聽著都沒有閃開。

3

每到午前，成漢就會在門外曬圍兜，把他的、明蒂的一起夾在鐵線上。紫色圍兜缺了主人沾染的油脂，曬完就會稍萎縮，加上隔日還要再洗，總像繃著一張又乾又皺的臉皮。如此日復一日，原來的紫色已暗暗呈灰，顯得掛在一旁的黃圍兜好亮眼，風一吹來給人忽明忽滅的感覺。

他每天多出來的差事就是結帳，這任務是生氣的明蒂那天下午交代的，要他結完帳先放著，沒想到已從夏天放到秋天。結完帳若再清理店外桌椅，出門吃飯大約落在午後一點；要是散客臨時又來外帶當午餐，他上街時小吃店幾乎都已打烊。

因此他不再追記流水帳，每天的結餘都鎖進抽屜，隔天若有材料商請款，收銀機不夠給，就回頭去拿昨天的錢。這樣的動作也是日復一日，直到上鎖的抽屜已滿出來，他把所有現金拿出來數清楚，才知道這段日子明蒂賺了多少錢。

他也找出她經常寫信的地址，寫給她弟弟，問他說你姊姊在不在家，大概什麼時候回來店裡，我有重要的事想和她談。弟弟都沒回信，於是他又寫了一次，算是邀請，問他有空要不要來坐坐，就算姊姊不來也沒關係……

寫得猶豫又心虛，實情卻是自從她回老家，那一整天他還充滿期待，第二天已開始徬徨，到了第三天就再也靜不下來。沒有人來電，沒有人來信，沒有人還敢打趣明蒂是不是回家辦嫁妝。由於太久沒消息，使他不得不往壞的想，想到快要絕望時才趕緊把她從黑暗的深淵搶回來。

所有管道都已試過，才知道她的人脈近乎絕跡，就像當時的熱炒店裡一樣也是遍尋不著，沒幾個人認識她，沒一個對她特別有印象，最後還是那個帶她搭火車的朋友，不情不願透露一個大區域，等於讓他又從零開始。

他已習慣漫長的等待，當初對她一無所知都能等了，何況如今滿腦子都是她的身影。只有明蒂自己不知道而已，其實她很美，是他唯一所見最不起眼的美，白紙上簡單幾筆輪廓那樣的臉，添上一點顏色反而失去了光彩，然而世人只愛表相，才輪得到他從內心深處看見她。一年後他帶著那八隻螃蟹來，虛張聲勢罷了，根本不敢正視她，很怕一見面就被拒絕，才會那麼死心塌地任由她指使，像個末代的愛情奴隸，而且絕口不提愛情。

他總算等到一個冷冽的暮冬上午，發現對街來了個年輕人，微傾著右肩，走得有點遲緩，來到騎樓站定後直直望著他，久久說不出話。憑直覺，他很快就想到了，應該就是那個弟弟。

他自報姓名，果然就是他，說完靜默著，口齒還算清晰，不愛說話而已。

成漢想起曾經邀他來的那封信，猜想他是接受了邀請，只可惜她沒有跟著來，不禁惶恐又不安。這個弟弟卻又什麼都沒說，走進廚房看了看又走出來，望著牆上的價目表，又看看對面牆上張貼的家教班廣告，看完才匆匆掠他一眼，且很快又停在他的圍兜上，眨著直直的眼睛毫無表情。

「我知道了，你是來參觀姊姊的早餐店。」

他點頭又搖頭，困難地笑笑。成漢拍他肩膀，轉身帶他進來，很想問他姊姊為什麼沒有一起來，卻又覺得這樣對他太冷淡，於是趕緊拉著他坐下。你姊姊對我很小氣，他說，每次收完帳就走了，她做什麼事都不讓我知道，像這次，那麼久了……。然後又接著說，店裡生意這麼好，可是也很沉悶你相信嗎？如果她一直生我的氣，客人是看得出來的，哈，我到現在都沒聽過她的笑聲，以前她應該不會這樣吧？

弟弟還是沒回神，於是他轉開了話題。

「你沒有回信，我只好去找你，你家門口有一棵九重葛，應該種了很多年才會爬那麼高蓋住了陽光，不過我還是看到了樓上穿白衣服的人影，如果那就是你，那應該知道我在外面叫了很久，叫很大聲……，」

說著想起了空跑一趟又帶回來的錢，他直接打開鐵櫃裡的抽屜，拿出那兩疊早已束好的紙鈔，臨時又想到應該拿什麼打包，隨手抽了幾張包燒餅的油紙，一連裹上三層，再用塑膠袋裝在裡面，拎起來就像一包外帶的早餐。

弟弟兩手藏到背後，猛搖頭，一直推說不要。

「姊姊不喜歡這樣，她說我們缺的不是錢。」

他把手繞到他背後，那交叉的十根指頭緊扣著，硬得像石頭。

霎時聽見他低低的聲音哭了起來。

成漢只好把手放開，卻看見他從夾克口袋掏出了一張摺紙，想遞給他，卻又像是做了壞事，摺紙一丟馬上往外跑。他跟到外面，看他沿著明蒂常走的廊下蹬蹬走遠了，走得很急卻又很慢，微傾的右肩搖晃著單薄的背影，走到路口的轉角處都沒回頭，然後像一雙鳥翼的黑影翻了過去。

那張紙是裁剪過的報紙，看不到日期，框著幾欄字，照片裡的貨車亮著車尾燈，輪胎下躺著一台女用摩托車，彩色安全帽像個破碗朝天掉在一旁。

報紙說，載鵝的說，當場目擊的檳榔店也說，異口同聲說天底下哪有兩台拋錨車撞在一起的。然後就是那個載鵝的，酒測值零，對著記者描述當時的情景：我早就發現不對，圍巾掉了也無所謂，一路上好心提醒她都不理睬，後來就算我的車子滑下來了，她也應該……明明還有一段距離……。

外面越來越冷，他草草收掉騎樓下的餐具，瑟縮在長椅上啃著冷掉的饅頭，剪報擱在腿旁，用他斜睨的眼尾再瞄一遍，總希望那根本就是別人的悲劇。可是那載鵝的卻還在閃著車尾燈，於是他站了起來，緊繃著神經去拉下鐵門，兩手開始莫名顫抖，慢慢走進廚房，看看灶台上那些鍋爐杯盤，再茫茫然回到前廳，像在檢視自己的失物，明明什麼都在，卻已如同失去一切那般。不知過了多久，忽然感到一陣暈眩，他只好趴在牆上慢慢蹲下，壓緊了兩邊的太陽穴，然後深呼吸，直到發覺好像沒辦法了，這才開始放聲哭泣。

漢蒂是兩個人的名字。漢蒂早餐店。

早餐店的招牌掛起來時，成漢四十二歲，就在他的生日這天。

為了迎接這重要的日子，他用明蒂的錢簽下三年租約，還買了兩個大鳳梨擺在櫃台，花店推薦的九宮格盆栽櫃陳列在樓柱旁，店內不時散發出礦物漆的土香，桌椅也全都換新，房東還特地送來了一串鞭炮，把這個早晨炸得喜氣洋洋。

他也布置了夾層房，親手洗淨牆面地板所有的汙漬，床罩換上紫色圍兜一樣的花紋，當晚就睡在上面，而且睡得很好，再也不會流著淚醒來，使他不得不相信這是她在陪伴，用她不存在的肉身環繞他，而且時不時在他面前拔下自己的頭髮。

這畫面一直來到夢裡，卻不純粹是夢，而是真實的事又來到夢裡重演，每次如幻如真，早已數不清她這樣的動作重複了幾次。因為就在整理著床鋪時，翻開的枕頭滑出了一根頭髮，微鬈著髮根，呈現著在她頸下完全一樣的髮色，他想了很久才體會到她當時的心機，原來就是用這根頭髮來測試他的情意，難怪那天下午發那麼大的脾氣，就因為發現頭髮文風不動才使她終於絕望的吧？

從來沒有摸過她的手，她卻竟然連頭髮都拔給他了。一切都未曾開啟，一切竟然已在眼前，這時他才知道，原來被接受是那麼幸福，何況是被愛，被一個不快樂的女人所愛，傾注她最後一次的勇敢，可惜他是那樣粗心錯過了。

每天凌晨他還是一樣準時醒來，走進廚房先把黃豆撈起，瀝乾後倒進磨豆機，接著再把雙手洗淨，擦乾，後退兩步站在屋中，然後進入前後大約九十秒的靜定，包括思念，最後才按下磨豆機的電源。這儀式般的動作完成後，他趁著攪拌聲還在汩汩翻騰，走去掀開鐵門上的投遞孔，仔細查看黑暗的動靜，黑暗中從來沒有動靜，卻已足夠他想像明蒂即將下車走來，然後替她開門，從而展開曙光將至的一天。

但是每到下午，只要是黃昏將近的下午，外面逐漸傳來活躍的街聲，總有幾戶人家會提早亮燈，眼看著這樣的景象將又是別人的夜晚——這個時刻他最想死，所有武裝在他身上的強悍就在剎那間徹底崩潰，心裡痛到說不出話，只能不斷自責，且又一再陷入絕望，想不通那台貨車明明正在倒退，她為什麼為什麼沒有閃開？

為了讓她知道一個人應該如何堅強，他示範給她看，黃昏一到就開始狂奔在操場跑道上，一直跑，沒命地跑，以他最不擅長的百米衝刺連續跨過他生命中所有的瞬間，像一支憤怒的冷箭強行穿入暗夜，直到墜落在瀕死邊緣。這時候往往已經臉色鉛白，有時他就乾脆蹲在路邊嘔吐，經過適度休息後再沿著小路慢慢走回店裡，只等好好地睡上一覺，然後又在凌晨四點準時醒來。

他知道這很愚蠢，非常愚蠢，但也知道，只有這樣的愚蠢才像他的生命。

各篇刊載年表

篇名	發表	年度選集
〈櫻花〉	二〇〇三年五月十二～十四日《自由時報》副刊	林秀玲主編《九十二年小說選》（九歌，二〇〇四）
〈苦花〉	二〇〇四年二月號《聯合文學》	陳雨航主編《九十三年小說選》（九歌，二〇〇五）
〈那麼熱，那麼冷〉	二〇一三年六月號《印刻文學生活誌》	紀大偉主編《九歌一〇二年小說選》（九歌，二〇一四）
〈妖精〉	二〇一四年三月十九日《中國時報》副刊	賴香吟主編《九歌一〇三年小說選》（九歌，二〇一五）
〈斷層〉	二〇一四年九月二十二日《自由時報》副刊	賴香吟主編《九歌一〇三年小說選》（九歌，二〇一五）

〈訪友未遇〉 二〇一八年十一月號《印刻文學生活誌》 阮慶岳主編《九歌一〇七年小說選》（九歌，二〇一九）

〈生之半途〉 二〇一九年七月號《印刻文學生活誌》 張惠菁主編《九歌一〇八年小說選》（九歌，二〇二〇）

〈噎告〉 二〇二〇年九月號《印刻文學生活誌》 張亦絢主編《九歌一〇九年小說選》（九歌，二〇二一）

〈厭世半小時〉 二〇二一年八月號《印刻文學生活誌》

文學叢書 666

夜深人靜的小說家

作　　者　王定國
總 編 輯　初安民
責任編輯　陳健瑜
美術編輯　黃昶憲　陳淑美
校　　對　吳美滿　陳健瑜　王定國

發 行 人　張書銘
出　　版　INK 印刻文學生活雜誌出版股份有限公司
新北市中和區建一路249號8樓
電話：02-22281626
傳真：02-22281598
e-mail：ink.book@msa.hinet.net
網　　址　舒讀網http：//www.inksudu.com.tw

法律顧問　巨鼎博達法律事務所
施竣中律師
總 代 理　成陽出版股份有限公司
電話：03-3589000（代表號）
傳真：03-3556521
郵政劃撥　19785090　印刻文學生活雜誌出版股份有限公司
印　　刷　海王印刷事業股份有限公司

港澳總經銷　泛華發行代理有限公司
地　　址　香港新界將軍澳工業邨駿昌街7號2樓
電　　話　852-27982220
傳　　真　852-27965471
網　　址　www.gccd.com.hk

出版日期　2021年 11月　初版
ISBN　978-986-387-488-1
定　價　380 元

Published by INK Literary Monthly Publishing Co., Ltd.

國家圖書館出版品預行編目資料

夜深人靜的小說家／王定國著 --初版,
新北市中和區：INK印刻文學, 2021.11
面；公分.（文學叢書；666）
ISBN 978-986-387-488-1（精裝）

863.57　110016275